似鳥航一
この終
らは100日だけの恋をする
JN211026

目次

# この終末、《コノシュウマツ、》ぼくらは《ボクラハ》100日だけの《100ニチダケノ》恋をする《コイヲスル》

似鳥航一

あるひとつの古い夢をたびたび見る。

その夢の中では、さまざまなものごとが僕にこう問いかけてくる。

人生の終末に、あなたが望むものはなんですか？

この世界から失われてしまう前に、あなたはなにを求めますか？

そんなふうに。


ここは東京《とうきょう》だ。僕が今歩いているのは、渋谷《しぶや》のスクランブル交差点の手前。古い夢の中でも、しばしば僕はここによく似た場所を歩いている。

そしてある日、僕は彼女と運命的な再会を果たすのだ。

ふたりは世界で最後の恋に落ちる。いくつもの幸福な日々があり、いくつかの不思議な出来事がある。信じられないくらい神秘的なことも起こる。それらをくぐり抜けた先には、流星のように美しい愛が輝く。そういう内容だ。

あれはなにもかも、本当にただの夢なのだろうか。


それを知るために、僕は今日もさまよいつづけている。

プロローグ

# 週末の再会

気だるそうな長身の青年が雑踏の中を歩いている。

彼と目が合ったときの人々の反応は、おおむね二通りに分けられた。

まずは多くの者が一瞬びくりとする。

どこか不穏な青年の外見のせいかもしれない。

彼は目つきが鋭く、首に銀のネックレスをさげている。黒いシャツに、ベルトが連なる細いパンツを合わせて、手には冷ややかに光るブレスレットをつけていた。

気だるそうだが、危うげでもあって、臆病な者なら怯《おび》えてしまうかもしれない。

現に、今も青年と視線の合った男が逃げるように道を譲ったところだ。

そして残りの少数の者たちは怯えることなく、その場にぼんやりと立ち尽くす。

青年に見入ってしまうようだ。

たしかに彼には人を惹《ひ》きつける、どこか不思議な魅力がある。

独特の奥行きが感じられるのだ。ほっそりして端整な顔立ちだが、そういった外見によるものではない、ある種のガラス細工のように透明で複雑な存在感があった。

ややあって、彼に目を奪われていたふたりの少女が、我に返って耳打ちする。

「あの人だれ？　モデル？」

「見たことある気もするけど……知らない。だれだろう」

「聞いてみる？」

「やめたほうがいいよ。冷たそうだし、機嫌も悪そう」

「ん、言われてみればたしかに」

視線をそらす彼女たちの横を、青年は冷たく鼻を鳴らして通りすぎる。

爽やかな青空が頭上にひろがる、夏の週末。

首都の繁華街は、若者や外国人観光客など、多くの人であふれていた。

気分を変えるために来てみたが、こんな場所を休日にうろつくのは、やはり正気の沙汰じゃない。

帰ろう。――気だるそうな青年、悠木《ゆうき》はそう考えて踵《きびす》を返した。

まもなく駅前のスクランブル交差点にさしかかったとき、ふいに背後から小学生くらいの子供が駆けてくる。急いでいるらしく、彼はたちまち悠木を追い抜いた。

でも少し、あわてすぎている。

「ひゃっ？」

案の定、男の子は前のめりにころんだ。

怪我《けが》をしたのか、ショックを受けたのか、その子はなかなか起きあがらない。でも周辺の通行人は、だれも手を貸そうとはしなかった。それどころか見向きもしない。

悠木は短く舌打ちすると、子供に歩みより、その場に屈《かが》んで助け起こした。さいわい怪我はないようだ。黒髪だが、よく見ると瞳が青いから、外国人の血が入っているのかもしれない。

「ねぇ、ガキ。だいじょうぶ？」

目線を合わせて悠木が面倒くさそうに尋ねると、青い目の子供は元気にこたえる。

「うん！」

「あっそ」

えらいえらい、と悠木が頭をなでてやると、彼はうれしそうに笑った。

「ぜんぜん平気だよ。ありがとね、怖いお兄さん！」

「うるさいよ。なんともないなら、さっさとママのところに帰りな」

はーい、と子供はうなずくと、「じゃあね、やさしくて親切なお兄さん！」と言い直し、悠木の眉をひくっと痙攣《けいれん》させてから、懲りずにまた走り出した。

やがて何事もなく、小さな背中が人波に吸いこまれて消える。

それを見届けると、悠木はふっと安堵《あんど》の息をつき、日差しに輝く髪をかきあげた。

「やれやれ……」

視線を感じたのは、その瞬間だった。

――どこかで、だれかが、自分を見ている。

とっさに振り返ると、遠くに見知った顔があって、思わず息をのんだ。

スクランブル交差点を渡った先の信号機の脇には、周囲から浮きあがるくらい美しい女性がいて、まっすぐにこちらを見ていた。

流れるような黒髪に、上品な白いワンピース。手を軽く後ろで組んでいる。

まちがいない。彼女だった。

昔とはかなりイメージがちがう。髪を長くのばしているし、眼鏡《めがね》もかけていなかったが、確信をもって断言できた。

視線の先にいるのは、あの彼女だ。

まともに思考を働かせる余裕もなく、いつのまにか悠木は彼女に吸いよせられている。夢でも見ているような足どりで横断歩道を渡り、近くに辿《たど》り着《つ》いた。

ふたりは目の前で向かい合う。

沈黙は長くつづかない。気づけば悠木は彼女の名をぽつりと口にしている。

「凪《なぎ》さん……」

「おひさしぶりです。わたし、見ていました」

「ん、なにを？」

「一部始終。相変わらずですね、元不良の悠木さん」

少しだけ首をかしげてそう言うと、彼女はにっこりと微笑《ほほえ》んだ。

その瞬間、心臓が強く打ち、悠木の中でなにかのスイッチが入る。そのことを頭の片隅でうっすらと自覚する。

そんな悠木の内心を知るよしもなく、凪は響きのやさしい声でクールにつづけた。

「それにしても、わたしのことがよくわかりましたね。遠目に見ただけなのに」

「ん、ああ……。目はいいほうだからね。それに、高校を卒業して、まだ一年と少し経《た》っただけでしょ。すぐにわかったよ」

「そうですか。それはなんだかうれしいような、残念なような」

「残念？　どうして」

悠木の問いに、しばらく思案するような沈黙をはさむと、凪は表情のとぼしい顔で髪をかきあげながら、淡々と言った。

「身だしなみなど、わたしなりにけっこう変えたつもりだったんです。でも案外、そうでもなかったみたいなので」

「いや、それは……そうでもあったけど」

「どういうことでしょうか？」

「イメージ変わったってことだよ。ほとんど別人みたいだったし、最初に見たときは驚いた。そもそもあのころの凪さんって、もっとこう……」

思い起こすと、当時の記憶が突然あふれ出す。それはまたたく間にひとつの情景となって、悠木の胸を満たした。

あれは梅雨時《つゆどき》の、ぼんやりと明るい昼休みの廊下だった——。

胸を打つささやかな衝撃と、花びらのように舞い落ちる白い紙片たち。

その向こうで、呆然《ぼうぜん》と目を見開いている高校生の凪。そして彼女の瞳に映る自分。

幻想的な光景だった。

なにかを新しく見つけ出したような、鮮明な瞬間でもあった。あのときのことは、やはりいまだに忘れられず、たちまち胸が思い出でいっぱいになる。

でも今、それをどんな形で表現すればいいのだろう？　あふれる感情に翻弄されて適切な言葉がみつからない。

無言でたたずむ悠木の前で、凪はきまじめに「ほとんど別人みたいだった……。それなのに一目瞭然だった？」と平坦《へいたん》な声でつぶやく。そして心持ち首をかしげた。

「結論として、それはなにを意味しているんでしょう？」

肩をすくめて悠木はこたえる。

「さあね。とにかく瞬間的にわかったんだよ」

「はあ……」

凪は釈然としない様子だった。

少し微妙な沈黙が通りすぎたあと、彼女は気を取り直したようにまた口を開く。

「ところで悠木さん、ひとつ提案といいますか、訊《き》きたいことがあるんですけど」

「なに？」

「一〇〇日間だけ、いっしょに住みませんか？」

えっ、と悠木は虚をつかれた。彼女はつづける。

「じつは少々こみいった事情があるんです。説明するのが難しいのですが、後悔はしたくなくて……」

彼女の声は次第に小さくなっていき、聞こえなくなった。悠木はまばたきする。

唐突になんだか不思議なことを切り出されたと思った。住むって、どういうことだろう。一〇〇日というのは、なにかの比喩表現だろうか？

目の前の凪は言葉をつぐ様子もなく、問いかけるような視線を悠木に注いでいる。

思慮深く、クールにじっと。

冗談を言っているふうではないが、彼女の真意がわからなかった。

でも、わからないなりに今ひとつだけ、はっきりしていることがある。

高鳴る鼓動の中で、悠木は理解していた。あの日、断ち切られて終わったはずの感情が魔法のようによみがえり、自分がふたたび恋に落ちたという事実を——。

同じ相手を、もういちど好きになってしまった。

かつて実らなかった恋が、また幕を開けたのだ。

＊

やがて、この世界の秘密を分かち合うふたりの、運命的な再会。

〝使者〟の言葉を借りるなら、これは短くも長きにわたる、奇妙な恋の物語だ。

季節は夏。このとき、すでに自身の行く末を知っていた彼女と、これから知ることになる彼がいっしょに暮らす、風変わりな一〇〇日間の始まりでもあった。

# 第一章

# 一〇〇日間だけ同居しよう

# 1

この不思議な物語を、どのように語り出したらいいのだろう？

そうだ。まずは無難に自己紹介から始めたい。

僕がどうして今のような性格になったのか？

小学生のころの僕は「心のおだやかな人間」だった。

自転車をなくした子供が近くにいたらいっしょに探してあげたいし、愛情に飢えた猫は猫かわいがりしてあげたい。しおれた植物には水と光を与えたいと思っていた。もちろん無料で。

僕の名前は悠木というのだが——悠久のときを生きる樹木のように鷹揚《おうよう》であれという意味が込められているらしい——悠木くんは名前のとおり心がおおらかだね、と教師にもクラスメイトにもよく言われたものだ。あらゆる人が素直な時代だった。

そんな僕が変わったと思われるようになったのは、小学校を卒業して中学に進んでからである。

思うに、中学時代というのは人生で最も立ち回りが難しい時期ではないだろうか？

心と体のありようが大きく変化する思春期。無邪気だった子供が短いあいだに劇的な変化を遂げる。だからこそ、だれもが考える。

前の席の彼はなにを考えているんだろう？　わからない。隣の席の彼女はなにを考えているんだろう？　わからない。僕はこの先どうしたいのだろうか？

自分の内心さえも把握できず、気持ちをうまく言葉にできない。そんな季節だ。でもそれとは逆に、実用的な知恵は面白いくらいついてくる時期でもある。複雑な方程式を解けるようになり、難しい本も読めるようになる。そうやって知性の土台がつくられていくと、やがては自分の頭でものごとを考えられるようにもなる。

良いほうに考えるか、悪いほうに考えるか？

考えた結果として、酒や煙草《たばこ》やいじめなどに熱中する残念な者たちが出てくるのは、ある意味では仕方ないことなのだろう。それが「自分の頭」というものなのだ。

その出来事は、僕が中学一年生だったある月曜日の放課後に起きた。

教室の清掃が終わったあと、僕が帰ろうとしていると、軽鴨《かるがも》が声をかけてきた。

「悠木、ちょっと訊いていいか？」

「なに？」

返事をしながらも僕は気乗りがしなかった。彼のことが苦手だったからだ。

軽鴨は少し耳がとがっていることを除けば、どこにでもいる男子。口がうまくて友《とも》達《だち》が多く、親が地元でも有名な金持ちだ。家庭教師を雇っていて成績も悪くはない。でも学年トップには程遠い。

そのストレスを解消するためか、軽鴨は気の弱い生徒をよく仲間といじめていた。クラスの皆がそのことを知っていた。でも彼に楯突《たてつ》いたら今後の学校生活がつまらないものになるという暗黙の了解ができていたから、見て見ぬふりをしていた。軽鴨は自分を大きく見せるための雰囲気づくりが途轍《とてつ》もなくうまかった。

いじめをやめさせたいとは僕も思っていた。でも、どうすればいいのかわからなくて積極的にはかかわれずにいた。このときまでは。

軽鴨は僕に近づいて言った。

「小耳にはさんだんだけど、悠木って施設育ちなの？」

「ああ、そうだけど」

「へえ」

軽鴨はちょっといやな感じの笑みを浮かべた。

適当な冗談であしらっておけばよかったかな、とも僕はちらりと考えたが、べつに隠すことでもない。同じ小学校の友人なら皆が知っていることだ。

僕は孤児で、両親の顔を知らない。物心のつかないころに母親らしき人が僕を児童養護施設に預けて、そのまま姿を消してしまったのだそうだ。

あしか園という小さな施設で、当時の僕はそこで生活していた。いろんな境遇の者がいたが、まずまず仲がいいと言ってよく、雑多なお菓子のアソートのようだった。

もちろん細かい不満点はあるにはあったけれど、自分の出自を考えたら贅沢《ぜいたく》は言えない。居場所があるだけでも運がいい。だから軽鴨がにやにや笑って言った言葉には困惑させられた。

「マジかよ、かわいそうに」

「え？」

「そうとしか言えないだろ。同情するよ」

僕は彼の発言の意図をはかりかねた。

なぜ、どんな意味で今そんなことを言うのだろう。必要性がよくわからない。煎じ詰めれば、いじめの次の標的に僕を選びたいという意思表示だろうか？

その旨をストレートに尋ねると、彼は露骨に鼻白んだ。当たり前のことをあえて訊くと、多くの悪人は気分を害する。非はもちろん悪人の側にある。

いらついた軽鴨は毒気たっぷりにつづけた。

「想像してみろよ。親が子供を施設に置き去りにすることの意味。愛情があったら、そんなことできるか？　おまえはいらない存在だったんだよ。おまえの母親も人としての倫理観がない、最低の——」

その先の言葉を、軽鴨は口にすることができなかった。

僕が彼の胸ぐらを片手でつかんで、間近にたぐりよせていたからだ。

断っておくけれど、僕は生粋の平和主義者だ。公園のハトも近所の野良猫も僕からは逃げない。心はマシュマロよりも白くてのどかなのだ。ただ、このときは体が勝手に動いてしまっており、僕自身がそのことに驚いた。どうやら僕の中には思考とは関係なく、スイッチが入ったら自動的に働く仕組みがあるらしい。

僕は長身だったから、引きよせられた小柄な軽鴨は苦しそうだった。でもそれ以上に驚いていたらしく、両手の人さし指と親指と小指を不自然にぴんと立てていた。おかげで深刻な状況のはずなのに、喜劇の一幕のようになっていた。

僕はしばらく間近で軽鴨の目を静かにのぞきこんでいた。見ていただけだ。顕微鏡をのぞくように相手の瞳に映る僕の瞳を眺めていた。プレパラートは使っていない。でも、そうされているうちに肝を冷やしたのだろうか。彼のスラックスが濡《ぬ》れて染みができていく。

「ひゃああ」

「マジかよ、かわいそうに……」

そうとしか言えなかった。同情もした。もしかすると彼はキスでもされるかと思ったのかもしれない。それはない。ぱりぱりと甘いキャラメリゼつきの濃厚なプリンをご馳走《ちそう》してもらったとしても、ごめんこうむる。

胸ぐらをつかんでいた手を僕が離すと、軽鴨は床に尻餅をついた。しばらく荒い呼吸をしながら彼は放心していたが、やがて我に返ると半泣きで逃げていった。

放課後の教室に、水を打ったような静けさが立ちこめた。

さて、と僕はつぶやく。平穏な中学生活もこれで終わりになる気がした。

案の定、僕の予感は的中した。

翌日登校すると、僕の机に派手な落書きがされていたのだ。やれやれだった。目も当てられない罵詈雑言《ばりぞうごん》が、これでもかと書きこまれている。

振り返ると、教室の後ろでほくそ笑む軽鴨と、仲間たちの姿が目に入った。ステレオタイプ。僕の頭に自然とそんな言葉がよぎる。

なんというステレオタイプな仕返しなのだろう。それはさながら、いじめとはこうあるべきだという古い迷信に支配されているような中身のない嫌がらせだった。報復を予想してはいたものの、それを上回る安直さじゃないか。落書きされたことに加えて、彼らの想像力の貧しさが、僕を二重の意味で悲しい思いにさせた。

肩を落として落書きを消していると、数人のクラスメイトが近づいてきた。

「手伝うよ、悠木くん」

「あ、やめたほうがいい。たぶん……」

「なに言ってんだよ。ひとりじゃ大変だろ！」

彼らが手伝ってくれたおかげで、僕の机はまもなくきれいになった。感謝する。

でも当然ながら、話はそんな美談では終わらなかった。

一時間目の授業が終わると、次の時間は体育だった。爽やかな青空の下、グラウンドで球技にいそしんだ僕らが教室にもどってくると、今度は、さっき手伝ってくれた人たちの机にこっぴどく落書きがされていた。『よけいなことすんな！』と雑な調子で書かれており、僕の机以上にメッセージ性の強い汚れ具合になっている。

かわいそうな机を前に、彼らは泣きそうな顔で立ちすくんでいた。

そういえば軽鴨とその取り巻きが、体育の時間にさぼってどこかに行っていたのを僕は思い出した。このためだったのだ。

半泣きで立ちすくむ級友を見ながら、「巻き添え」と僕はつぶやく。

こんなことは断じて許されてはいけない。なにか対策を考える必要がある。

でも、どうすればいいのだろう？

エタノールをふくませたハンカチで彼らの机を拭きながら、僕は思案した。

軽鴨を派手にやりこめてしまったのは事実だし、過去は変えられない。今後も嫌がらせがつづくのは明白だった。肉体面ではこちらがずっと上なのは理解できたはずだから、今後もこういった陰湿な嫌がらせを多々しかけてくるのだろう。

親が有名な金持ちだというのは、取り巻きに事欠かないという意味でもある。軽鴨の護衛をいくらどうにかしたところで、本体には辿り着けない。辿り着けないなら解決できない。解決できないなら屈するしかない。

待て。それなら大人に助けを求めてみてはどうだろうか？

だめだ。学校関係者は役に立たない。軽鴨の親は校長に多額の寄付金を渡しており、これまでも多くの問題を揉《も》み消《け》してきている。そもそもこの町で、軽鴨の親に面と向かって逆らえるような大人は思い当たらなかった。

こうなったら、と僕はひとりごちる。

最後の手段をとるしかないと唇を嚙《か》んで決意した。

その翌日、登校した僕を見たクラスメイトが一様にぎょっとしたのは、ささやかな外見の変化のせいだった。

僕は黒かった髪をシルバーアッシュに染めてブレザーの前を開けていた。シャツのボタンを上から三つほど外し、ネクタイは限りなくゆるく巻いて、腰のベルトには銀のチェーンやフックをつけている。

絵に描いたような危うい不良少年。それが僕の姿だった。朝、鏡の前で丁寧に確認してきたから、たしかだ。そしてこの記号性にこそ意味がある。

いつもの親切なクラスメイトが数人、こわごわ近づいてきて僕に話しかけた。

「悠木くん……それ、どうしたんだ？」

僕が返事をしないでいると、ほかの男子が横から口をはさむ。

「かっこいいけど、派手すぎない？　絶対不良だと思われるぞ」

困惑気味の彼らを僕はちらっと冷たく見て、「うわぁ……。チンパンジーの群れに話しかけられちゃったよ。いやだねぇ」とつぶやいた。それから、できるだけ皆の反感を買いそうな気だるく退廃的な口調で告げる。

「猿なら猿らしく、猿山で毛づくろいでもしてなよ。クソザルさんたち」

その場にいるだれもが口を半開きにして固まった。気持ちはわかる。

今後の方向性を決定づけるため、僕は内心の苦渋をこらえて、もう一押し加えた。

「聞こえなかった？　邪魔なの。おまえらみたいなクソザルさんこと猿の糞《くそ》は、月曜と木曜に燃えるごみといっしょに収集されて、ごみ処理施設に社会科見学にでも行ってればいいんだよ」

そして、もうけっこうです、というふうに手をひらひら振ると、やっと意図が伝わったようだ。ある者は眉をひそめ、ある者は口をすぼめて、さわらぬ神に祟《たた》りなしとでも言いたげに自分の席へもどっていった。

今まで気づかなかったけれど、じつは僕には毒舌の才能があったらしい。

こうして呆気《あっけ》ないくらいに簡単に、孤高の不良生徒が誕生したのだ。

ごめんよ、と僕は心の中でつぶやく。苦しい。胸が痛い。でも意図したとおりだ。

僕が「不良化」して、クラスで孤立することを決めたのは、もちろん軽鴨との件が理由だった。

嫌がらせを受けるのはたしかに不愉快だ。でも僕は育った境遇のせいか、かなり忍耐強いほうだった。どうしても我慢できないかと訊かれたら、そうでもない。

耐えられないのは矛先が、僕に対して親切な他の生徒にも向けられることだった。

このままだと僕を助けようとしてくれる親切なクラスメイトも渦中に巻きこんでしまう。僕がしたことで僕以外の人が傷つく羽目になるのは、僕にとって心底つらいことだった。どうしてだろう？　わからない。たぶん性格的なものなのだろう。そんなことになるくらいなら、僕は最後まで自分ひとりで傷ついていたいと思う。

善良な人たちには、彼らが善良であるがゆえに、絶対に迷惑をかけたくなかった。

あまりにもナイーブで、やさしすぎる考え方だと今なら苦笑することもできる。でもそれは当時の僕なりに真剣な正義感のあらわれだった。そういう気持ちには真摯に向き合いたい。だからこそ冷たい不良を装い、わざと孤立することにしたのである。

結果的にこの戦略は功を奏し、以後はクラスメイトを巻きこむことはなかった。

懸念していた軽鴨の嫌がらせも思ったほどではなく——きっと僕の反社会的な外見と態度を怖がったせいだろう——むしろ僕を避けるようになった。

こうして孤高の不良少年としてすごす日々が、卒業まで平穏に流れていったのだ。

悲しい三年間だったかって？

そうとも言えるし、そうでないとも言える。

もともと僕はひとりで読書をしたり、音楽を聴いたりするのが好きなタイプだ。たしかに孤独ではあったものの、まぎらわせる方法は一通り知っていた。

多くの本を読み、いろんな映画を観《み》た。成績も輪をかけてよくなった。志望校にも楽に合格した。危険人物を装っていたから最後まで友達はできなかったけれど、楽しそうな皆の姿をときどき遠くから眺めては、ささやかな心の安らぎを味わわせてもらった。そんなふうに、よくも悪くも何事もない静かな中学生活を送ったのだ。


高校時代について語るべきことは、それほど多くない。

実感として、ほとんどの日々は今までと大差なかったからだ。

授業の内容こそ中学より高度になったものの、基本的には似たことの繰り返し。起きて、学校に行って、帰宅して寝る。大きく息を吸って、吐き出し、また吸いこむ。なにかストイックな反復練習でもしているようで、刺激といろどりが足りない。

そして、その状況を招いた原因は僕自身にあった。

これまでの三年間で、きっと僕は慣れすぎていたのだと思う。表面的には孤高の不良生徒を装いつつも、内面的にはひとりの自己完結した男子としてすごすことに。

積み重ねた経験は、人の行動を無意識のうちに規定する。僕の場合は中学時代のふるまいが体の奥深いところまで染みとおって、癖になってしまっていた。

笑い話にもならないけれど、具体的にはこういうことだ。

高校の入学式が終わったあと、教室にもどって、皆がひとりずつ自己紹介をすることになった。自分の順番がまわってきたので、僕は立ちあがって口を開く。

「はじめまして。南《みなみ》中学出身の悠木です――」

そこから先は無難に、趣味である料理の話などにつなげるつもりだった。

ところが、ふと最前列の席にすわっている男子の後頭部が目に入り、僕は瞬間的にぎくりとした。ありふれた髪型と、つるりとした首の後ろ。耳が少しとがっている。

耳が？

その後頭部は、中学時代の軽鴨にまつわるさまざまな記憶を僕に思い起こさせた。これはもう理屈じゃない。ぱりっと頭の中で火花が散り、ほぼ無意識のうちに僕はこんな言葉をつづけていた。

「――おまえらゾウリムシさんに自己紹介する気はありません。意味もなく話しかけたら駆除しちゃうかもしれません。どうぞよろしく」

耳のとがった男子が驚いて振り返ったが、その顔はもちろん軽鴨とは似ても似つかない別人だった。

クラスの皆が顔面蒼白《がんめんそうはく》となる中、言い終えた僕は席につく。そして呆然とした。

なんということを言ってしまったのか――。

今さらながらに青ざめて震えたが、口にした言葉はもどせない。また、笑ってごまかせるような状況でもなかった。冗談の通じない空気というものがこの世にはある。

クラスメイトのひそひそ声が、さざなみのように耳に打ちよせた。

「南中学の悠木……。噂《うわさ》には聞いてたけど格好いいな」

「いや、それ以上に怖いだろ。彼に逆らって失禁させられたやつもいるらしい」

「きっと悪魔じみたサディストなんだろうね……」

「ドSの星から来た毒舌の王子だってわたしは聞いてる」

僕は机の上に置いた手の甲をじっと眺めながら、それらの声を聞いていた。

ボタンをかけちがったまま、もとにもどせない。内省と考察の日々がつづいた。

たぶん、こういうときはなにか行動を起こすしかない。まとわりつく閉塞感を動くことで振りはらい、移動しながら新しいあり方を模索するのだ。

そのことに思い至ったのは、高校二年の夏である。

そして、その気持ちを駆り立ててくれたのが、僕の初恋の相手――凪さんだった。

凪さんとは、二年生に進級したときに同じクラスになった。

もっとも、最初は気に留めなかった。あのころの彼女は飾り気のない眼鏡をかけていて、地味で、それ以上に物静かで、草原のクローバーの葉脈を流れる水よりも目立たない存在だった。いくらなんでも言いすぎだった。

僕が初めて彼女の存在を意識したのは、空気の湿った梅雨時の午後のことだ。

そのとき僕は考えごとをしながら、ぼんやりと淡い光が射《さ》す昼休みの廊下を歩いていたのだけれど、角を曲がった瞬間、出会い頭にだれかとぶつかった。

その相手が凪さんだった。

「わっ？」

「きゃっ？」

やわらかい毛布と衝突したような感触。僕はなんともなかったけれど、彼女は後ろに弾《はじ》かれて、持っていたプリントの束を落とした。

白い用紙が嘘《うそ》みたいにゆっくりと廊下に散らばる。花弁のように。

その引き延ばされた光景の中で、僕は初めて凪さんというひとりの女の子をみつけたのだと思う。うまく表現するのが難しいけれど、ふだんは隠されている透明な魅力のようなものにふれたのだ。彼女の華奢《きやしや》な姿が、実体感のある存在そのものが、鮮やかな生気とともに僕の胸に飛びこんできた。

制服に包まれた細い体に、肩までのばした黒髪。眼鏡がずれて、前髪で少し隠れていた切れ長の目があらわになり、見開かれている。表情はとぼしいが、顔立ちは驚くほど整っていた。

不思議だった。どうして今まで気づかなかったのだろう？　こんなに素敵な女の子が同じクラスにいたことに。

今だから言えることだが、このころの彼女はまだ魅力を外に出す方法を知らなかったのかもしれない。あるいは自分の美しさに無頓着だったか、他人にきれいだと思われることに興味がなかったのだろう。世間にはそういうタイプの人もいる。

でも表に出さなくても、存在するものは存在するのだ。凪さんという女の子の中には、とっておきの宝石みたいに特別なものがたしかにあって、それが今、僕とぶつかった拍子に偶然きらきらとこぼれ出た。そして僕の心を奪った。

そう、僕はこの瞬間、彼女にひと目ぼれしていたのだ。

眼鏡をかけ直すと、彼女は深呼吸して僕のそばへ近づいてくる。青ざめた無表情で体を震わせながら、ぼそぼそと消え入りそうな声で言った。

「……す、すみません。殺さないでください」

「えっ？」

「た、大変……申しわけなく、思います」

途切れがちに、ぎこちなくそう言うと、彼女は屈んで廊下にばらまかれたプリントをすばやく拾いはじめる。

なぜだろう？　よくわからないが、不自然なくらいあせっていた。

そこで、はたと気づく。きっと僕を怖がっているせいなのだろう。まずは手伝うべきだと思い、僕は床のプリントにすばやく手をのばした。

ところが彼女は、あたふたしながら意外な反応をする。

「あっ？　お、お金はいくらでも払いますので、それを破いて遊ぶのは遠慮してもらえると」

「なんでだよっ？　俺がそんな鬼みたいなやつに見えるわけ？　眼鏡のお嬢さん」

僕の言葉に、彼女は安堵したのだろうか。「お嬢さん？」ときょとんとした顔でつぶやき、少し落ち着いた態度になった。

僕はあらためてプリントに手をのばす。でも、ふれた瞬間、指先がちくっとした。

「痛っ？」

不運なことに、今度は紙で指を切ってしまった。人さし指の腹に細い傷ができて、赤い血がぷくりと染み出てくる。

僕は思わず舌打ちした。神経が集中しているせいか、傷口自体は大きくないのに、やけに痛い。血もやけに赤く、じわじわと自己主張を強めつつあった。

「あ……あのっ」

そのとき、ふいに目の前の彼女が、僕のほうに身をぐっと乗り出してきた。

彼女はあごを引いて体を震わせながら、それでも眼鏡の奥の瞳で食い入るように僕を見ている。不思議なくらい熱心に、希少な動物でも観察しているみたいだ。

でも、なんだろう？　そんなに珍しいだろうかと僕は思う。紙で指を切ることなんて、普通によくある事例だと思うのだけれど。

やがて彼女は制服のポケットをまさぐると、なにか小さなものを取り出して包装を開けた。絆創膏《ばんそうこう》のようだった。そして彼女は消え入りそうな声で僕に言った。

「ゆ、指を……その、こちらに」

「指？」

「は、はい」

彼女のぎこちなさにつられて、僕もおずおずと人さし指を近づける。

すると彼女は見とれるくらい手際よく、傷口にぴたりと絆創膏を貼ってくれた。

「ん……。サンキュ。助かったよ」

「い、いえ。その……べつに」

僕はつづきの言葉を待った。でも彼女の口は、いつまでも閉ざされたままだった。

無口というか、話《はな》し下手《べた》な女の子なのかもしれない。

「あのさ、きみって同じクラスの」

世間話をしようとすると、ふいに彼女は「す、すみません！」と頭を下げた。そして残りのプリントを拾い、僕の前から走って逃げ出す。意外なくらい足は速く、華奢な背中はたちまち見えなくなった。

僕はしばらく呆然としたまま、その場に棒立ちになっていた。

なんだか不思議な女の子だと思った。たぶん人見知りなのだろう。もしくは人付き合いが苦手なのだろう。その両方かもしれない。

でも、やさしい女の子だ。そしてじつは、とても美人だった。今のところクラスのだれも、その美点に気づいていないように思える。知っているのは僕ひとりだけ。

そう。この一件で僕の胸には凪さんのことが強く印象づけられた。焼きつけられたと表現してもいい。不思議なことに、意識からまるで離れなくなってしまったのだ。

授業中も休み時間も、気づけば彼女を目で追っている。いつも見てしまう。帰宅後も同じだ。瞼《まぶた》を閉じると彼女の姿が、夢のようにぼんやりと頭に浮かんでくる。

ときに彼女は、実際に夢の中にまであらわれて僕を惑わせた。

初恋がこんなに厄介なものだったなんて、と僕は何度も深く頭を抱えたものだ。

教室にいるとき、遠くから眺める限りだと、彼女はごく普通だった。内気で目立たない、人見知りの女の子。たぶんクラスの全員がそう認識していたはずだ。

でも僕は、それ以外のことも知っている。

たとえば教室が汚れているとき、彼女がさりげなく掃除などをしていること。日直が黒板を消し忘れていたら代わりにきれいにしたり、黒板消しをクリーナーにかけたりもしている。また、プリントを運んだりといった皆のやりたがらない雑務を、いつも控えめに引き受けていた。

目立つことなく、ただ無言で、彼女はさまざまなことに気を配っている。あきらかに人付き合いが不得意なのに、他人を気づかっているのだ。そういうことって、本当の意味でやさしくないとできない。僕はどうだろうか？

ともかく、彼女の中にはいくつもの魅力と美点があって、ふだんそれは隠されているけれど、なにかの折に見えることがある。そして、その本質的なきらめきを目の当たりにした者は、心を奪われずにいられないのかもしれない。

本来の素敵な自分を、うまく外に出せていないその不器用なところに、僕はひそかに共感をおぼえていた。あるいは、だからこそ強く惹かれたのかもしれない。

もっと深く凪さんのことを知りたいと僕は思った。より彼女と親密になりたい。そのためには、やはり気持ちを率直に告げるのが近道だろう。

だから告白しようと心に決めた。


それを決行したのは期末試験のあと。夏休みが始まる前の夕方のことだった。

静かな放課後の教室で、僕は凪さんが来るのを待っていた。

約束の時間まで、あともう少し。凪さんの知り合いに頼んで、この時間にひとりで来るように呼び出してもらったのである。

ほかの生徒はとっくに帰宅して、今ここにいるのは僕ひとりだけ。窓から射す夕陽《ゆうひ》が、だれもいない教室を濃密なオレンジ色に染めていた。そのまぶしさに塗り潰されて、机も教壇も淡くぼやけて見える。

遠くで響く吹奏楽部の練習の音。微《かす》かに聞こえる野球部のかけ声。無為に終わるのが事前にわかってしまっている、僕らの時代の青春という感じだ。それは人の胸を締めつけて、悲しくも甘い気分にさせる。

やがて教室のドアが開いて、凪さんがあらわれた。

「あ、あの……。遅くなりました」

彼女はぼそぼそと言い、怯えた様子で教室に入ってきた。

「その、生命保険には入っていないのですが、問題なかったでしょうか」

「……べつに命の危険を感じる必要はないから」

僕も彼女に近づいて、机と椅子に囲まれた教室の中ほどで向かい合った。

息づかいも聞き取れるような沈黙が流れて、ややあって彼女が小さな声を出す。

「そ、それで、その……ご用は？」

「ああ」

僕は短くうなずいて切り出した。

「三べん回って、わんって鳴いてみて」

彼女は無表情で目を見開いた。ほどなく両腕で自分の体を抱き、かたかたと震えはじめる。直後に僕は我に返った。

しまった。いつもの癖でついやってしまった。おそらく緊張していたせいだろう。

僕の本音は活発すぎる建前に、ときどき先を越されてしまう。

僕は赤くなった顔をすばやく手の甲でこすって言った。

「悪い……。つい口がすべって」

「口が？」

「なにかこう、舌に摩擦的なものが足りなかったというか。とにかくごめん」

謝罪すると、まもなく彼女は落ち着きを取りもどしてくれた。よかった。

僕は深呼吸すると、あらためて自分の気持ちを告げる。

「俺、きみのことが、その……。好きだ」

彼女は、はっとしたように細い両肩をもちあげた。

素の感情をそのまま表に出すのは学校ではひさしぶりな気がした。でも言うべきことはしっかり言えた。そのことに僕は自信を深める。あとは流れにまかせればいい。

「突然でびっくりしたよね。でも先月、廊下でぶつかったときに、ひと目ぼれしたみたいで……。ずっと気になってる。凪さん、俺とつきあってほしい」

よほど意外な言葉だったのだろうか。彼女は唇をわずかに開いて固まっていた。

やがて彼女は手のひらで自分の両目を覆い、肩を震わせる。そうやってしばらくのあいだ、なにか押し殺すような小さな音を立てていた。どうしたのだろうか？

怪訝《けげん》に思った僕が声をかけようとした瞬間、彼女は顔を覆っていた手を下ろす。

僕は思わず目をみはった。――彼女が不思議な笑顔を浮かべていたからだ。

彼女はほとんど無表情で、唇の両端だけをきゅっと持ちあげていた。面白くもないのに、表情筋の力だけで無理やり微笑んでいるというふうに。

それはいかにも作為的で、不自然な笑顔だった。

つまり？

つまり僕は意図的に笑われたのだろう。問題外で、お話にもならないという意思を彼女はわかりやすく伝えたのだ。真っ白になる僕に、彼女は小声で短く告げる。

「ごめんなさい」

彼女は足早に教室を出ていった。完璧《かんぺき》な断り方だった。可能性ゼロだ。僕はすっかり力が抜けて、体がやわらかいフィナンシェにでも変わってしまったみたいだった。


失恋のあとの僕の高校生活は、無味乾燥なものになった。

もちろん、今までも日々に潤いなどなかったけれど、輪をかけてということだ。

たぶん凪さん以外の相手を好きになれればよかったのだろう。でも、僕にとっては彼女だけが特別な存在だったらしく、それができなかった。失恋はしたが、どうしても彼女を忘れることができなかったのだ。ただ、手の届かないものと我慢の種が、またひとつ増えただけだった。そして我慢することには慣れていた。よくも悪くも。

その後、僕はありがたいことに何人かの女子に告白されたけれど、胸の奥にはいつも凪さんがいたから、心は震えなかった。だからすべて断らせてもらった。気持ちには誠実でありたかったからだ。自分と相手の気持ちに対して。

こうして誠実で孤独な時間が流れて、いつしか何事もなく卒業の日が迫ってくる。

以上が僕の学生時代だ。甘酸っぱい青春どころか、ビターもいいところだった。

最後に、進路について手短に語ろう。

僕は校内推薦で就職を決めていたから、卒業後は地元の田舎町から首都に引っ越した。機械のパーツをつくる会社だ。世界的な大企業というわけではないけれど、設備がいいし、高い技術力がある。推薦枠のせいか、給与も満足のいくものだった。

技術系だから、仕事の内容は派手ではなかった。でも地道な作業はもともと嫌いではないし、実がある仕事だ。僕は器用なほうでもあったから、仕事の腕はめきめき上達して、先輩たちによく驚かれた。

ところが一年後のある日、唐突に社長が失踪する。文字どおり、彼は本当に消えてしまったのだ。その混乱と後継者不在という問題、また、昨今の不況のあおりなどを受けて、びっくりするほど呆気なく会社は倒産した。

スリーアウトチェンジ。こうして僕は職を失った。つい先月のことだ。

そして、ここで長い自己紹介が終わって、時系列が現在にもどってくる。

仕事を突然失った僕は、がっくりくると同時に気分がささくれ立った。あまりにも思いがけない災難に見舞われると、人は理屈を超えた苛立《いらだ》ちにとらわれるものらしい。明るく再就職活動をする気分にはまだ到底なれず、昔のように不機嫌な装いで街をぶらついたりしていた。

そんなとき、雑踏の中で再会したのだ。高校時代の初恋の相手と、運命的に。

「おひさしぶりです。わたし、見ていました」

「ん、なにを?」

「一部始終。相変わらずですね、元不良の悠木さん」

そう言って凪さんはにっこりと微笑み、僕は同じ相手と二度目の恋に落ちたのだ。

## 2

「それで、凪さんは今日なんでここに？」

「電車です」

「……そういう意味で言ったんじゃないよ。どうしてここにいるのかを訊いたの」

「なるほど。田舎娘がなぜひとりで、こんな都会をうろついているのかと。悪い男にだまされて、身ぐるみはがされて海に沈められても知らないぞと」

「曲解しすぎだよ」

僕と凪さんは駅前のカフェの窓際のテーブルで話をしていた。せっかく会えたのだから、もっと落ち着いた場所で話そうということで、最寄りの店に入ったのである。

「わたしはただ、日帰りで買い物に来ただけです」

「へえ。あんな辺鄙《へんぴ》なド田舎の辺土から？　すごいね。よく来るの？」

「たまに。衝動というほどでもないんですけど、ときどき意味もなく散財したくなることがあるんです。いけないことでしょうか？」

「だれもいけないなんて言ってないよ。いけない」

「今、言いました……」

あらためて間近で向かい合って見ると、凪さんは本当にきれいになっていた。もちろん彼女は昔から整った顔立ちだった。でも、今は髪を優美にのばして眼鏡もかけていない。服装もおしゃれで、たぶんだれの目から見ても、わかりやすく素敵だ。微妙に無表情なところは今も健在だったが、言いかえればクールビューティ。それが現在の凪さんの姿だった。地味だった昔の彼女とは印象がまるでちがう。僕にとってはどちらの彼女も、とても魅力的ではあったのだけれど。

ただし、話し方は今のほうが昔よりずっといい。高校時代の彼女は、ぼそぼそした口調で声も小さく、言葉が聞き取りにくかったからだ。

それに比べると、今はずいぶんすらすらと話してくれている。口調はクールで抑揚に欠けるものの、言いかえればなめらかだ。話の内容に少し意外性があるところも刺激的で面白い。ともかく、スムーズに意志疎通できる点はありがたかった。

でも、こんなに円滑でいいのだろうか？　屈託がなさすぎないか？

僕からすれば、彼女は前に失恋した相手だ。あのときの傷心はさすがにもう癒えた。でも彼女の側からしても、僕はかつて告白を断った相手なのだ。もっと気まずい空気になっていても本来はおかしくない。

でも今のところ、会話は思いのほか順調に進んでいる。少し不思議なくらいに。

まあ気まずくなりそうなら、そもそもカフェに入って話したりしないか、と僕は思った。僕の側はともかく、彼女の中であの告白は、すでに懐かしい思い出に変わっているのだろう。もはや記憶は遠く薄れた。だからこうして僕と屈託なく話せるのだ。

あるいは昔の微笑ましい出来事として、過剰に美化されているのかもしれない。

そう考えると、僕はなんだか胸がもやもやしたけれど、苦いアイスコーヒーを飲んで気をまぎらわせた。

ふいに彼女がぽつりとつぶやく。

「ですが、悠木さんも大変でしたね」

「……なにが？」

彼女はソフトクリームをちろりと冷静に舐《な》めてつづける。

「なにって、お仕事のことです。今はこんな世の中ですし、会社の倒産は珍しいことではないにしても、やっぱりお困りなんじゃないですか」

「ん。困ってなくはないね。当たり前だけど」

僕の事情はすでに説明済みだった。「まぁ仕方ない。一から出直すよ」

自分に言い聞かせるように僕がつぶやくと、ふいに彼女が意味深に声をひそめる。

「その件なんですけど……提案があります」

「提案？　なんの」

わずかな間を置いて彼女は切り出した。

「一〇〇日間、わたしと同居しませんか？」

僕はまばたきして背筋を伸ばした。

そう、もともとはその件が本題だった。近況報告で話が弾んで、つい後まわしになっていたけれど、ずっと気にはなっていたのだ。

「さっきも言ってたけど、それどういうこと？」

僕の問いに、彼女は抑揚のないおっとりした口調でクールにこたえる。

「正確に表現すると、うちの実家の仕事を泊まりこみで手伝いませんかという提案です。悠木さんの会社と同様、うちもあの出来事のせいで、労働力が足りなくなってしまって。今の季節は仕事量も多いし、大変なんです。あ、手伝うと言っても、もちろん確固とした雇用契約です。お給料は払いますし、その一〇〇日間で次の仕事を探す準備をしてくれてもいいです。現在無職の悠木さんにとっては悪くない話だと思うのですが」

無職という言葉を微妙に強調して言われた気がして、僕はつい半眼になった。

「……じゃあ最初からそう言えばいいじゃん。なんなの？」

「奇をてらってみました」

「自覚あったんだ」

「すみません。ただ少し、反応が見たくて……。驚くのかな、と」

それはちょっと可愛《かわい》い動機だと僕はひそかに思った。「そうだね、驚いたよ」と僕が言うと、彼女は無表情な美人顔をほんのりと淡くほころばせた。つられて一瞬、僕まで微笑みかけたけれど、咳払《せきばら》いして話を本題にもどす。

「……まぁそれはいいとしてさ。凪さんの実家は何屋なの？」

「お店ではありません。果樹園です」

桃農家、と彼女は無表情でおだやかに言った。

「規模としては小さいものなんですけどね。それでもやっぱり人手が足りなくて」

「ふうん。そ……」

たしかに桃は夏の果物《くだもの》だなと僕は思った。

彼女の家の桃畑がどれくらいの規模かは知らないけれど、収穫期は暇ではないだろう。そして、その繁忙期がおよそ一〇〇日というわけだ。うなずける話ではある。

いくら給金をもらえるのかと僕は尋ねてみた。

日給でこれだけ支払います、と彼女は無表情で指を一本立てた。

「なぜ小指を立てる？」

「まちがえました」

彼女はしれっと小指をさげると、人さし指を立て直した。金、一〇〇〇〇円也《なり》。

「衣食住はすべてこちらで用意しますから、お給料はそっくりぜんぶ悠木さんのものになります。税金？　なんのことでしょう。ちなみに採れたての桃も食べ放題です」

「へえ……。それはちょっと悪くないかも」

「はい。実際、この季節の桃は果汁たっぷりで、たまらない味ではないでしょうか。わたしも想像してしまいます。白い桃に荒っぽくかぶりついて、唇から汁を垂らす悠木さん。汗と果汁にまみれて、次々と桃をむさぼり食べる悠木さん……」

彼女の言葉を途中から聞き流しつつ、僕は考えた。

アルバイトとして考えれば日給は妥当な額だし、一〇〇日やれば、たしかにまとまったお金になる。今後のことを考えても、貯金はつくっておいて損にならない。

というのは単なる建前だった。僕は彼女の実家と、そこでの仕事に多大な興味がある。そしてなにより今の彼女と親密になりたくて、胸が苦しくなるくらいだった。

仕事という名目のもとに同居生活が送れるのだ。しかも、それは親切心から彼女が申し出てくれたことなのだから、引き受けないなんて選択肢はありえない。

心の中でぐっと力んでいると、ふいに彼女が表情を引き締める。胸の前で祈るように両手を組み合わせると、彼女は棒読みで言い放った。

「お願いします、悠木さん。あなただけが頼りなんです」

「嘘つけ！」

でも、おかげでつい吹き出して、肩の力が抜けた。

「……まぁいいか。わかった、やるやる。やらせていただきますよ」

「あっ。よかったです」

彼女はにっこりと微笑んだ。

その笑顔がとても素敵だったので僕は内心、胸がときめく。ふだんの彼女が微妙に無表情だから、ギャップでよけい際立ったのかもしれない。鮮やかな大輪の花のようで、すばらしく魅力的に感じられた。めまいがするくらい本当に可愛かった。

彼女はクールながらも、心持ち意気込んだ声で言った。

「では悠木さん、今すぐ帰って荷造りをして、明日には絶対に来てください」

「明日？　ずいぶん急だね」

「……だめですか？」

「そういうわけじゃないよ。まぁいいけど」

「では、お願いします」

わたし、一日も無駄にしたくありませんから、と彼女はぽつりとつぶやいた。

＊

今にして思えば、このときの僕はまちがってはいなかった。大事なことを認識できていなかったからこそ、それなりに正しい道を自然と選び取っていたのだ。

でも、本当の意味で最良の結果だとは、とても言えない。

実際のところ〝使者〟は影のように、彼女のすぐそばにいたのだから——。

すべてを知っていた彼女はこのとき、どんな気持ちだったのだろう?

それを想像すると、僕はいつも涙が出そうになる。なぜなら彼女は僕にその事実をいっさい気づかせることはなかったからだ。

# 3

彼女と喫茶店で別れたあと、僕は速やかに帰宅して荷造りを始めた。

もともと持ち物が多いほうではない。ボストンバッグに洋服と下着と靴下をつめられるだけつめて、その隙間にヘアブラシや整髪料などを入れると、それだけで準備は終わってしまった。こんなに呆気なくていいのだろうか？

たぶん。

まあ、どうしても足りないものがあったら現地で買えばいいんだと僕は思った。凪さんが住む田舎町は僕の故郷でもある。高校を卒業するまで暮らしていた場所なのだから、どこにどんな店があるのかは熟知していた。

荷造りが予想以上に早く終わったので、僕は部屋の掃除を始めてみる。

一〇〇日といえば三ヶ月以上だ。仕事が終わって帰宅したとき、汚れた部屋を目の当たりにして、ホラー映画で怪物にやられる直前の俳優みたいな顔をしたくはない。

軽く片づけるだけのつもりだったが、気づけば作業に集中していた。結果的には、余命いくばくもない者が天に召されるのを待つ部屋のようにきれいになった。

その後、遅めの夕食をとりながら、僕はぼんやりと考えごとをする。

「凪さん……」

どうしても昼間のことを反芻《はんすう》せずにはいられなかった。

彼女があんなにも美麗に変わっていたなんて、だれが予想するだろう？

ちょっと無表情なところは同じだったが、ぱっと見のイメージは、ほとんど別人。

かつて僕の告白を断ったときに見せた作為的な笑顔も、今では花のように自然で、やわらかな印象のものに変わっていた。とにかくぜんぜんちがうのだ。それはある種のメタモルフォーゼと表現しても過言ではない。さなぎから蝶《ちょう》へ、もしくはたまごから青虫へ……。

喩《たと》える対象が適切ではなかった。

でも、とにかく劇的に変わったのはたしかだ。高校を卒業してから、一年と少し。そのあいだになにがあったのだろう？

考えをめぐらせているうちに、出発前の夜はひっそりとふけていく。

そして、このときの僕には知るよしもなかった。彼女の変化の裏には、世界の秘密に直結する、不思議な事情が隠されていたことを。

4

翌日、僕は朝早くから故郷の田舎町へ向かった。

この路線の電車に乗るのはひさしぶりだった。窓の外の風景が、少しずつ畑と水田ばかりになる。

やがて首都を遠く離れて、僕は郊外を走る地方の支線へと乗りかえた。目的地にはかなり近づいているはずだが、ここからがまた意外とかかる。なにせ各駅停車で、自転車のようにゆっくり走るのだ。平和だった。よくも悪くも田舎に来てしまった。

それでも僕は列車に揺られながら、淡い胸の高鳴りを感じずにはいられなかった。

もうすぐ生まれ育った町で家族に会えるから……というわけではもちろんない。僕は両親の顔も知らないのだから。

でも、ここでいちおう表明しておこう。僕は孤児ではあるけれど、両親を恨んだことはいちどもなかった。本当だ。それどころか深く同情している。

なぜなら僕は、自分の身の上に関する真実を直感的に理解しているからだ。親子だからこそ理屈を超えてわかることもある。

親とはいっても人間だし、決して万能ではない。なにかどうしようもない事情があって、やむなく僕を施設へ預けたのだろう。一時的なものだ。いずれは迎えに来るつもりだった。でも悲しいことに予定が狂って、それができなくなってしまった。たぶん彼らは意図せず消えてしまうことになったのではないだろうか？　僕はそう考えている。

消えるというのは比喩ではない。僕が勤務していた会社の社長と同じケースだ。前ぶれもなく、痕跡も残さず、ある日突然だれかがいなくなる——。

多発しているこの事例に、巻きこまれたのだと思う。

今でもどこか眉唾ものに感じるのだけれど、この現象は現在、世界じゅうで起きているらしい。脈絡なく、ある日ふっと唐突に、その人は消えてしまうのだそうだ。

原因はわからない。いっさいの手がかりはみつからず、彼らがどこへ消えてしまうのかは杳《よう》として知れない。事件性の有無は不明で、調査もはかどらず、分析もできない。国の優秀な科学者たちが、こぞって有力な仮説のひとつも立てられない。

つまりは完全にお手上げの状態だ。

消えるだけで死体が発見されたことはないから、彼らは今もどこかで生きているのかもしれない。でも帰ってきた者はひとりもいない。どういうことなのだろう？　わからない。とても不思議だとしか形容しようがない。ただ、天災のように、ある種のテロリズムのように、理解を超える出来事というのは実際に起こり得る。そのことを現代に生きる僕たちは、すでに知っているというだけだ。

この現象が最初に発生したのは、およそ四年前のことらしい。

あらためて考えると、もうずいぶん長いあいだ継続中だった。

思い出す。そのころ僕は高校生だった。施設の食堂に置かれているTVのニュースで、初めてそれについて知ったのだ。ニュースキャスターが語った内容も、今と比べればずいぶんおだやかだったように記憶している。実際、戦争でもテロでも自然現象でもないのだ。実体がわからないなら、発表できることは極めて限定される。

そのときのニュースキャスターの話をざっくりまとめると、こんな感じだった。

「人が突然消失してしまう。そのような現象が存在することを国が認めました」

その程度の淡泊なものだった。ほぼ中身がなく、他人行儀もいいところだ。具体的な指針や対策などはいっさい示されなかった。印象に残ったのは、話の締めくくりに『憂慮する』という珍しい言葉が使われていたことくらいだった。

食堂でTVを見ていた者たちの大半は、怪訝そうな顔で首をかしげた。そして、すぐにそのことを忘れた。株式市場もほとんど反応しなかったと、のちに聞いた。

でも消失のニュースはその日以降も、水や空気のようにさりげなく繰り返された。もしかすると政府からの指示があったのかもしれない。じつはマニュアルがあり、それにしたがってマスメディアは情報をコントロールしていたのかもしれない。なぜなら報道される情報の密度は、その日からほんの少しずつだが、高くなっていったからだ。人々を刺激しないように、おそらくは細心の注意を払って。

半年も経つころには、消失はすっかり周知の現象となった。

そして一年後には、消えてしまった人たちのことが、TVや新聞などでも頻繁に報じられるようになっていた。

それがただの家出なのか、永遠の消失なのかは容易には判断できない。だから報道されるのは、有名人である場合が多かった。有名人は家出なんかしないのだ。そんな一芸に秀でた者たちの、から騒ぎじみたニュースの中に、たまに失踪という異物めいた情報が割りこんできて、人々をしんみりさせた。

一年前の『憂慮する』という言葉は『深く憂慮する』を経て、いつのまにか『遺憾の意』という表現に変わっていた。

実感がわかないまま、社会の雰囲気だけが微妙に大げさなものになっていく。

一部でパニックを起こした人もいたけれど、あまり相手にされず、三面記事に軽く載ったただけだった。

実際のところ、消失現象に見舞われる確率は、人口全体から見れば微々たるものなのだ。だったら事故や病気などと同じように、今は深刻に考えなくてもいいだろう。自分だけは、きっとだいじょうぶなのだから——。

そう考えているかどうかは不明だけれど、最近では人々は状況にすっかり慣れてしまっているように見えた。

それは僕の正直な感想であり、客観的な意見でもある。

以前はＴＶで消失についての特別番組が組まれることも多かったが、今はずいぶん少なくなった。政治家が話題にすることも目に見えて減った。まあ最初の発表から四年も経ったのだから、よくも悪くも慣れて当然かもしれない。国の上層部の人たちの見解は知らないけれど、一般人は僕とおおむね同じ感想を述べるだろう。

そう。なじんでしまっている。

実際、心配しても仕方ないことなら、人はあまり意識しなくなるものだ。いつか人は必ず死ぬけれど、死について日常的に考えたりしないのと同じように。

ただ、ひとつだけ気になる仮説というか、噂があった。

それによると、この現象は昔はごくたまにしか起こらなかったが、少しずつ頻度が高くなっているのだという。

どうやら世界的に、その傾向は認められるらしい。

諸説あるものの、よく耳にするのは今のペースで頻度が高まっていくと、二〇年以内に全人類がいなくなるというものだ。植物や動物が消えた例はないから、人間だけがこの星から、まるごとすっぽりと消えてしまうことになる。

ある大学の調査チームがそれを踏まえて計算式で検証した。すると一九年が経過した時点で、世界人口は三四〇人まで減少しているという結果になったそうだ。

なるほど。たしかにこうなったら絶滅は目の前だろう。

ただし、検証に使ったのは、感染症がひろがる過程を表すモデル方程式を応用したものらしいから、どこまで妥当なのかはわからない。専門外の僕にはなおさらだ。

ただ、二〇年はけっこう長いな、と個人的には思う。

二〇年……。

それでは危機の本質が身に迫ってこないし、パニックを起こすにしても気が早すぎるだろう。僕の年齢とほぼ同じ年数なのだ。正直、そんな先のことなんて想像もつかない。半信半疑という以前に、自分の感覚としてうまく考えることができないのだ。

そもそも、子供が生まれて成人するくらい未来のことが、本当に正しく予測できるものだろうか？　想定しない出来事が、つねに起こるのが現実というものだ。ある日突然、この現象がぴたりと収まることだって、おおいにあり得るだろう。

いずれにしても、今はほかに考えるべきことがある——。

窓の外の牧歌的な景色を眺めながら、僕は静かに深呼吸した。


考えにふけるうちに目的の駅に着いた。僕は外に出て、バス乗り場を探した。季節は夏で、降り注ぐ日差しは強く、どこか郷愁をかきたてるセミの声も四方から聞こえる。

僕はボストンバッグを肩にかけて、駅の周辺をぶらぶらと歩いた。

バスの停留所はすぐにみつかった。ベンチには黒い服を着た男と、幼い少女がすわっている。親子というには父親が若く、兄妹というには年が離れすぎていた。叔父《おじ》と姪《めい》かもしれないと思いながら、僕はふたりの前を通りすぎる。

案内板を眺めていると、ふいに後ろから声をかけられた。

「すみません、ちょっとよろしいでしょうか？」

振り返ると、話しかけてきたのはベンチにいた黒い服の男だった。

正面から見ると、彼の年齢は僕より七、八歳上というところ。背丈は僕と同じくらいで、よく見ると左腕が義手だった。肌色だけれど、表面がつるりとしていて光沢がある。どんな職業の人なのだろう。

「なにか？」僕は言った。

すると、黒い服の男はいくぶん決まり悪そうな表情で片手をひろげた。

「突然申しわけありません。じつはこの子があなたに伝えたいことがあるらしくて。聞いてやってくれませんか？」

「伝えたいこと……？」

意味がわからなかった。流行《はや》りの新しいジョークだろうか？

視線を彼の顔から斜め下にスライドすると、紺色のサマーチュニックを着た少女が僕をじいっと見上げていた。身長や体格から推測するに、小学校の低学年だ。

でも少女の態度には驚くほど落ち着きがあって、よく見ると瞳が青い。髪こそ黒いものの、外国人の血を引いているのかもしれない。

ともかく、その子と僕は今までいちども会ったことがなかった。

「どういうことですか？　初対面ですよね」

黒い服の男のほうに僕が尋ねると、青い目の少女がふいに言った。

「あなたにとっても」

「え？」

「わたしにとっても」

意味不明だった。僕はわずかに屈んで少女に尋ねる。「どういうこと、それ？」

「教えてあげたいの」少女は言った。

「うん……？」

「大事なことを」

「は？」

「特別に」

そこで少女は唇を閉じて黙った。遠くでセミが鳴いているのが聞こえた。

束の間《つかま》、僕は考えて「……あぁ、倒置法ね」とつぶやく。それから単語を並べ直して声に出してみた。「特別に、大事なことを、教えてあげたいの」というふうに。

少女は無表情でうなずいた。「そう」

この単調な喋《しゃべ》り方《かた》と表情のとぼしさ。だれかに似ていると僕は考える。もしかすると僕は感情表現という点に問題のある人ばかりを呼びよせる、特殊な磁場を無意識のうちに生み出しているのかもしれない。なぜ？　それはもちろん、僕自身が感情表現という点に問題を抱えているためだろう。僕の場合は内面と外面が少しちぐはぐだという症状だけれど、似た者同士はやはり引き合うのだろうか。

ふいに青い目の少女が言った。

「もう、もどってはだめ」

「うん？」

「首都には」

少女のその発言に、僕は本気で面食らった。

どうして僕がそこから来たことを知っているんだ……？　まあ服装や荷物を見ればだれにでもわかる。そんなふうに自分を納得させて、僕はひとまず要望を口にした。

「あのさ。悪いけど、とりあえず順番どおりに言葉を喋ってくれない？」

そして一秒後にふと気づき、向こうの流儀に合わせて倒置法で言い直す。

「喋ってくれない？　言葉を順番どおりに、とりあえず、悪いけど」

でも案の定、少女は要望を聞き入れなかった。仕方ない。きっと僕らの言語圏とはちがう国で生まれた、青い目の倒置法少女なのだろう。

「またいつか会える」と少女は言った。

僕はなにも言わずに肩をすくめて、言葉のつづきを少女にうながした。

「前に進みつづければ」

僕はふたたび無言で手をひらひら振り、少女に先をうながした。

「なにが起きても」

その後、おしまい、というふうに少女はふうと息を吐いた。事と次第を僕がまったく理解しないまま、ともかく話は終わったようだった。

少女はベンチに腰かけるとイヤホンを取り出し、何事もなかったかのように音楽プレイヤーでなにか聴きはじめる。あるいは僕は白昼夢を見ただけだったのだろうか。

そばに立つ黒い服の男に、僕は訊いてみた。

「あの、今のは？」

「すみません。びっくりさせてしまいましたよね。少し変わった子なんです」

「少し……？　どういう意味ですか？」

「深い意味はありません」彼は片手を振った。「ときどき、急に不思議なことを言い出す。それくらいの意味ですよ。相手のことが脈絡なく、ぱっとわかるらしくて」

「はあ」

微妙に話についていけなかったので、僕は生返事をした。「そりゃすごい」

「まあ、子供のすることですから」

気にするなというふうに苦笑して、黒服の男はつづけた。

「安心してください。少し変わってはいても、とても心のやさしい子なんです。人見知りするから、ふだんは知らない人に声をかけたりしないんですけどね」

「へえ。そうなんですか？」

「きっとあなたのことが、よほど気に入ったんでしょう」

黒い服の男は人懐こく微笑んだ。子供に好かれる者には悪人が少ないと聞いたことがある。僕は喜んでもいいのだろうか？

もっと話を掘りさげたい気もしたが、道路の向こうからバスが近づいてきた。黒服の男と青い目の少女は、僕とは行き先のちがうバスを待っているらしい。残念だが、ここでお別れだった。ふたりが親子なのか兄妹なのかは最後まで訊く暇がなかった。

「じゃあ俺はここで」

僕は黒服の男に挨拶すると、バスの乗車口に向かった。

ステップをのぼって車内に乗りこむ寸前、ふと思いついて少女を振り返る。イヤホンで音楽を聴いている彼女に向かって、僕は声を投げかけた。

「ねぇ、きみ！　なんで俺に声をかけてくれたわけ？」

少女は耳からすばやくイヤホンを外した。「お礼」

「なんの？　べつに心当たりないけど」

「従兄弟《いとこ》があなたに助けてもらったから。ころんだときに」

「え？」

よく聞き取れなかった。もういちど尋ねようとした瞬間、バスの扉が閉まった。

5

凪さんの家に辿り着いたのは、それから三〇分ほど経ってからだった。

終点でバスを降り、左右を畑にはさまれた細い道を歩いていくと、小さな家が見えてくる。ミニチュア模型みたいな家だ、というのは遠目に見た第一印象にすぎない。近づくほどに、それが巨大なものだとわかってきた。

塀に囲まれた敷地は驚くほど広く、そこは畑や野原になっているから建物がない。比較するものがないために、小さく見えていただけだった。

「……お嬢様じゃん」

僕はぼそりとつぶやき、塀の表札を眺めて汗をぬぐう。

場所はここでまちがいなかった。家は敷地の奥にあるようだ。でも勝手に入っていってもいいものだろうか。今日は真夏のように暑いし、早く日陰で涼みたいのだが。

「悠木さん！」

ふいに声がした。顔を向けると黒髪をなびかせて彼女が駆けてくるところだった。

「こんにちは、悠木さん」

「ん。ああ……」

思わず見とれて、生返事になってしまう。

凪さんは先日とよく似た白いワンピースを着ていた。夏という感じで爽やかだ。つやめく長い黒髪と、頭上にひろがる水色の空に、白はよく映える。これは普段着なんだろうか。意外にもお嬢様だったようだから、案外そうなのかもしれない。

彼女に見とれた事実を隠すために、僕は気だるく無意味なことを言った。

「ずいぶんタイミングよかったね。インターフォンとか押したわけでもないのに」

「そうですね。偶然……」

「まぁ偶然タイミングが合うこともあるけど」

「偶然、窓から双眼鏡で外を見ていましたから」

「必然だよっ」

僕は思わず力んで言った。「それは偶然と名乗ってるだけのただの必然！」

「本当にそうでしょうか？」

彼女はおっとりとクールに疑問を呈する。

「いくら窓辺に待機していても、見逃す可能性はあると思います。ですからわたし、今日は朝から双眼鏡を手放せませんでした。本当に来てくれるのだろうか。だまされてはいないだろうか。来るとしたら何時何分だろうかと思って」

「……なおさら偶然性のかけらもないよね、そこには」

口ではそっけなくそう言いながらも、僕はひそかに後悔した。到着する時刻をしっかりと連絡しておくのだった。そして双眼鏡をクールに覗《のぞ》いている彼女の姿を想像すると、なぜだか微かに胸の奥が震えた。

ところが直後に彼女はいつもの無表情で「冗談です」とつぶやく。なんだ、冗談だったのか。凪さんは無表情で淡々と面白いことを言う女の子なのだ。

「なんにしても長旅お疲れ様でした、悠木さん。途中でトラブルに遭ったりはしませんでしたか？」

「乗り物に揺られてただけだからね。トラブルの要素、べつにないでしょ」

「そうなんですか？」

「そ」

でも返事をしたあとで思い出した。トラブルというほどではないけれど、変わったことはあった。バス停で会った少女のことだ。初対面だというのに、やけに不思議なことを言われた気がする。あれはなんだったのだろう？　最後のほうはバスに乗りかけていたこともあって、よく聞き取れなかったのだけれど。

まあ今さら考えても仕方ないと僕は思った。あれはたぶん、あの年頃の子に特有の淡い空想みたいなものだったのだろう。成長していく過程で生まれる副産物としての自己表現であり、たわいもない言葉遊び。つまりは一時的なものだ。消えてしまう。大人になって今日のことを振り返った際、あの子はどんな心境になるのだろう？

「立ち話もなんですし、そろそろ中に入りませんか？」ふいに凪さんが言った。

「だね。案内してくれる？」

「ええ、家屋はあちらです。そして、そちらが出口です」

「うん。出口は知ってる」

ともかく、僕らは敷地内に足を踏み入れた。

あたりには美しい緑と蟬時雨《せみしぐれ》と夏のまぶしい日差しが満ちていた。のどかだった。従業員の姿はとくに見かけない。どこかで暑気払いでもしているのかもしれない。

僕と彼女は家屋まで歩くと、玄関で靴を脱いで中に入った。内装はさながら歴史のある旅館という趣で、光沢のある板張りの廊下がずっと奥までつづいている。

彼女にうながされて階段をのぼると、二階の日当たりのいい部屋に案内された。広いけれど、がらんとしていて殺風景な空間だった。もともとは複数の部屋だったところを襖《ふすま》を外して、大広間にしたらしい。

置かれている家具は年代物の箪笥《たんす》と戸棚くらい。開け放たれた窓から風が吹きこんで、薄いカーテンをゆらめかせていた。ときおり透明なガラスの風鈴が、ちりんちりんと澄んだ音を奏でる。たぶん現代資本主義社会への警鐘のつもりで。

「ここは昔から従業員のために提供している部屋なんです。荷物を置いて気楽にくつろいでください」

「ふうん、悪くないね。俺は当面、ここで寝泊まりするわけだ」

「ずっと起きていてもかまいませんけど」

「それは遠慮するよ」

「とりあえず、この部屋にあるものはなんでもご自由に使ってください。押し入れに新しい布団が入っていますから、寝るときはそれで」

「ん、了解」

僕はボストンバッグを窓際に置くと、軽くのびをした。ささやかに肩の凝りがほぐれる。それほど重い荷物ではなかったけれど、持たざる者の解放感に勝る者はない。

「でもまぁ正直、ほっとしたよ。もっと劣悪な労働環境だったら、どうしようかと思ってた」

「掃除はちゃんと念入りにしましたから、汚くはないです」

「や。べつにそういう意味で言ったわけじゃなくて……」

「では、どういう意味でしょうか？」

そう訊かれても返答に困る。曖昧なうなり声をあげる僕を見ながら、彼女は無表情で小鳥のように首をかしげた。そして数秒後に、また元の姿勢にもどって言った。

「ともかく、この家には今ほかにだれもいません。遠慮せずに、悠木さんの望む理想の労働環境を追求してください」

「え？」

僕は耳を疑った。「ほかの従業員、いないの？」

「ええ。そう言ったばかりじゃないですか。従業員だけではないです。今この家にいるのは、わたしと悠木さんのふたりだけですから」

「……はああ？」

僕は彼女の無表情な美貌をまじまじと眺めた。でも内面はうかがい知れない。

きっと、今の僕は途方もなく訝《いぶか》しげな顔をしているのだろう。それは海の中にいた大量のサメを吸いあげて、彼らを激しく回転させながら迫ってくる巨大竜巻を目前にした俳優みたいな顔かもしれない。

意外にも「あの」と彼女はわずかに赤くなって俯《うつむ》く。

「そんなに真正面からじっと見ないでください。……恥ずかしいです」

「あ、悪い……」

僕は胸がもやっとした。

彼女は咳払いをひとつはさんで、いつものように淡々と語りはじめる。

「順を追って説明します。わたしはもともとこの家で、祖父とふたりで暮らしていました。小学生のときに両親が他界して、果樹園を営む祖父に引き取られたんです」

「え？　そうだったの」

「はい。ですからわたし、幼いころから、ずっとここの仕事を手伝ってきました。祖父もわたしを跡継ぎとして育ててくれていたと思います」

彼女は長い髪にさらさらと指を通して間をはさみ、少しまじめな声でつづけた。

「でも半年前に、その祖父が消えてしまいました。例のあれです」

四年前から世界規模で起きている謎の消失現象。それに彼女の祖父も見舞われたのだという。ある日突然どこにも見当たらなくなり、煙のように消息不明になった。いくら探しても、結局は手がかりひとつ発見できなかったのだと彼女は説明した。

「祖父がいなくなってからは、ずっとひとりで暮らしています。遺産があるので、今のところ生活には不自由してないいんですけど」

そんなことが、と僕は思った。

正直言って予想もしなかった。この広い家に、彼女はずっとひとりで——。

そう思うと、急に胸の奥が締めつけられる。微妙にユニークな性格の女の子だけれど、とても健気《けなげ》で涙ぐましい部分が根もとにあったのだ。

僕の内心を知るよしもなく、彼女はあくまでも平板な口調でつづける。

「この果樹園は今、規模を著しく縮小しています。でも、それは祖父が消えてしまったからではありません。以前からもうずっと経営難で、徐々に商売を畳んでいく方針になっていました。だから従業員は雇わないで、祖父とわたしだけで管理できる程度に、仕事量を抑えていたんです」

「ん……そうなんだ。仕事量っていうのは生産する桃の量のことだね？」

「正解です」

彼女は無表情でこくりとうなずいた。

「祖父が消えてしまったのは半年前です。さすがにひとりでは今年の仕事を最後までできません。それで再会した悠木さんに、試しに声をかけてみました」

納得のいく話だった。その件に関しては、と悠木は思う。

「でもまぁ、最初に事情はぜんぶ説明してほしかったかな」

「すみません。重いと思われて、断られてしまうのではないかと危惧しまして」

「断りはしないよ。それより、俺が心配なのは凪さんの考え方だね」

「わたし？」

「きみ。その性善説的な現状認識」

「どういうことでしょうか、ミスター四文字熟語」

「うるさいよ。ていうか凪さん、警戒心が足りないんじゃないの？」

彼女は長い睫毛《まつげ》に縁取られた目をしばたたいた。意味がわからなかったらしい。

「……いや、今までおじいさんとふたりでやってた仕事が、ひとりじゃ無理だから人を雇った。それはわかるよ。でも人選はもっと慎重にするべきでしょ。ばったり会った俺にあっさり頼んじゃうって、どういうこと？　想像してみなよ。もしも俺の本性がろくでもない悪人だったら、凪さんは身を守れる？」

「ろくでもない悪人なんですか？」

「だから、たとえばの話っ。俺じゃなかったら相当やばかったと思うよ。そもそも、ふたりだけで一〇〇日も同居するなんて危険すぎる」

「なるほど。そういう意味でしたか」

彼女は無表情でわずかにあごを引いた。一拍置いて「ですが」と冷静につづける。

「見境なく、だれにでもこんなことを頼んだりはしません。そしてわたしは悠木さんのことを信頼しています」

「……はぁ？　どうして」

信頼なんかするべきじゃない——なんて、そこまで自分を悪人のように扱わなくてもいいだろう。僕が手をひらひら振って先をうながすと、「赤の他人ではありませんから」と彼女は一本調子で話をつづけた。

「同じ高校の同窓生ですし、人となりを間近で見て知っています。話したことだってあるじゃないですか。それではいけませんか？」

僕の胸に当時の苦い記憶がこぼしたコーヒーのようにひろがった。変な形のしみにならなければいい。彼女のほうは、とくになにも感じないらしく淡々と言葉をつぐ。

「しかも仕事を頼んだら、すぐにこんな田舎町まで来てくれるんです。言葉づかいはともかく、行動だけで評価すれば、とてもまじめで律儀だと言えます。これはもう、じゅうぶん信用に値するのではないかと」

「……そ」

僕は小さく舌打ちした。

たしかに、言動のお行儀がよくないだけで、僕はもともと内面的にはまともで誠実な人間だ。だから彼女の考え方には一理あるのかもしれない。

そして彼女は、両手を細い腰に当ててると、だめ押しのようにきっぱりと告げた。

「そもそも、ほかに頼める人がいないんです。わたしは孤独な人間ですから！」

「威張ることかっ」

でも、基本的には彼女と同じように孤独な人間である僕も、偉そうに反駁《はんばく》することはできない。そして次第に、それならそれで仕方ないか、と僕は思いはじめている。

自分との共通点を見出《みいだ》すと、突飛なことでも急に許せる気がしてくるのは、どういう心の働きによるものだろう？　人は他人に厳しく自分に甘いということだろうか。

「それに悠木さん。わたしが雇用主という名の女王であることを、お忘れにならないでくださいね。女王に無礼を働いたら、下級兵士はその場で首を切られてもおかしくありません。そうでしょう、ミスター二等兵？　お金で雇われた身である以上、突きつめれば悠木さんは、わたしの所有物にも等しい存在なんですから」

「突きつめすぎでしょ。どんな雇用主だ……」

彼女は動じることなくマイペースにつづけた。

「普通に一〇〇日間働けば、大金が手に入るんです。まともな人間なら、チャンスをふいにしません。警察に捕まって経歴にも傷がつきますからね。なんだかんだでわたしは悠木さんのことを賢い人だと思っています」

なんだかんだってなんなんだ。

まあいい。僕は軽くため息をついた。そこまで考えた結果なら、こちらから言うべきことはない。彼女には、彼女なりの算段があるのだろうから。

実際のところ、僕も本音ではひとまず、彼女の仕事の支えになってあげたいと思っていた。現状それができるのは僕しかいないからだ。また、好きな相手とふたりで暮らすという状況下、自分がどこまで理性を保てるのかという点にも興味がある。

彼女が僕を信頼してくれるのは率直にうれしい。

でもあまり無防備にしていると、どうなっても知らないよ――。心の中でそうつぶやき、僕は肩をすくめて言った。

「……わかったよ。とりあえず一〇〇日間よろしく」

「こちらこそよろしくお願いします、悠木さん」

こうして僕と彼女のあいだに、ひと夏の危うい雇用契約が結ばれたのだ。

＊

今にして思えば、これは僕と彼女にとって大きな意味を持つ出来事だった。人生において、本当に大切なことを見直す機会につながったのだから。

この行為が本当に意味することと、そのときも彼女の近くにいたはずの存在——。

僕がすべてに気づくのは、もう少しあとの話になるのだけれど。

6

夕食の時間にはまだ早かったが、昼食を食べていなかったので少し空腹だった。

この近辺に食べられる店があるかと彼女に尋ねると、「ありません」と即座に言われる。卓球のレシーブみたいな返答だった。でも、じつは僕のために料理をつくってあるんですと彼女が言ってくれたので、リビングで早めの夕食をとることにした。

「特製のカレーです。これでもわたし、料理には自信がありまして。思う存分、宴《うたげ》としゃれこんでください」

「なにが宴だ……。でもサンキュ。いただきます」

彼女は昼食を食べすぎたからと言って、カレーには口をつけなかった。彼女の見守る前で、僕がひとりでそれを食べた。

カレーというのは、初心者でも比較的まともにつくれる料理だ。まず失敗しない。でも彼女のそれは、まともな出来とは言えなかった。味自体は悪くないのだが、まともとは言えないくらい辛すぎる。しかもその辛さは時間を追うごとに増していった。やがては舌と胃にきりきりと痛みを与える、強烈な刺激になっていた。

でも、せっかくの彼女の手料理だ。僕は我慢して満足そうに食べつづけた。顔に汗を浮かべて必死にスプーンを動かす僕を見ながら、興味深そうに彼女は尋ねる。

「いかがですか、悠木さん。お味のほうは？」

「……ん。まぁ、いい感じ」

「そうですか。それはよかったです」

彼女は心持ちうれしそうな顔でつづけた。

「悠木さんは辛いのが好きそうに見えたので、今日のカレーは隠し味を使ってみたんです。やっぱりハバネロはききますね」

「……それだよ！」

好きな人は好きなのだろうが、僕は激辛料理が大の苦手なのだ。材料を知ったせいか、急に気分がくらくらしてきた。胃の中で激しい花火が炸裂《さくれつ》している。床にうずくまって、僕は動けなくなってしまった。

彼女はあわてて僕の背中をなでながら、青い顔で謝った。

「すみません……。明日からの激務に備えて元気をつけてほしくて……」

激務なのか。まあ悪気がないなら仕方ない。

僕は彼女の手を借りて二階に移動すると、布団に横になった。やわらかくていい匂いの布団だった。陽だまりで居眠りする猫の気分になれた。それを味わったことで痛みも多少やわらいだ気がする。病は気から。腹痛においても気分は重要らしい。横で心配そうに見ている彼女に、僕はもうだいじょうぶだと繰り返し告げた。その声が次第に静かなものに変わっていく。いつのまにか僕は深い眠りに落ちていた。

## 7

昨日早く寝すぎたせいか、外が暗いうちに自然と目が覚めた。体調はもうすっかりよくなっていた。むしろ元気がありあまっているくらいだ。

元気に持ち物の整理をしたり、元気に室内を歩きまわったりしていると、やがて階段をのぼってくる足音が聞こえた。扉の前で立ち止まって静かな声がする。

「起きてますか、悠木さん？」

僕がその旨の返事をすると、「入ります」と扉を開けて、凪さんが顔を覗かせた。

「おはようございます」彼女は響きのやさしい平面的な声で言った。

「ん。おはよ」

「お体のほうは……？」

「おかげさまで全快だよ。で、もう仕事に行くわけ？　まだ外は少し暗いけど」

彼女は濃い紺色のスキニーデニムに、ピーコックブルーのポンチョみたいなものを着ていた。手には麦わら帽子を持っている。おしゃれで可愛いけれど、あきらかに仕事用ウェアだ。でも時刻はまだ朝の五時すぎ。少し気が早くないだろうか。

彼女は麦わら帽子に手を入れて、くるくると回転させながら言った。

「いつもこれくらいの時間から始めるんです。日が高くなる前に終わらせたいので」

「ふうん。暑いのがいやだから？」

「それもありますけど、桃は摘み取ったあとも呼吸していますから」

「うん？　呼吸すると、どうなるの？」

「熟します。桃はあまり日持ちがしません」

温度が低いほうが果実の呼吸が抑えられて、新鮮な状態が長持ちするのだと彼女は説明した。たしかに夏とはいっても、この時間帯はまだずいぶん涼しい。

「なるほどね。じゃあ、さっさと行きますか」

「あ、その前に悠木さん、作業着は持ってきてますか？　なかったら、こちらでお貸ししますけど」

「だいじょうぶ。着替えくらい持ってきてるよ」

「そうですか。それでは準備ができたら、おりてきてください。巻きで、なま着替えをして」

「は……？」

僕は思わず目をしばたたいた。

「なに今の。ていうか、なに今のイントネーション。まさか……駄洒落《だじやれ》？」

「いえ、口がすべっただけです」

ほのかに赤くなった頬を隠すように、彼女は長い黒髪をさっとひるがえした。そして「失礼します」と言い残すと、風のように階段をおりていった。

物静かだけれど、身のこなしは軽くてすばやい。

僕は心の中でさっきの言葉を何度か唱えながら、作業用のTシャツとカーゴパンツに着替えた。巻きで、なま着替え。そして薄手のパーカを羽織って一階におりた。

「早かったですね、悠木さん」玄関で待っていた彼女が落ち着いた態度で言った。

「まあね……。巻きでって言われたし」

「すごい。それでは、巻きで出発しましょう」

とくに異論はなかった。

果樹園は家屋の裏手にひろがっていた。日当たりのいい濃緑の平地だった。足を踏み入れると、森のように濃厚な土と緑の香りに包まれる。ビバ美しい自然だ。

園内の地面は、くるぶしまでの丈の草で覆われていて、寝転がったら気持ちがよさそう。踏みしめる土もやわらかく、そこに大量の果樹が遠くまで点々と生えている。

桃の木は、いずれも一様に低かった。縦ではなく、横に広く枝をのばす感じだ。そんな僕の感想を聞くと、彼女はクールな声でおっとりと言った。

「そうですね。だいたいそのような感じです」

「ん。そのような感じって、どのような感じ？」

「一般的に、日当たりがいい桃ほど糖度が高くなるんです。甘くておいしくなるという意味ですね。そんな桃をたくさん出荷するためには、むらなく全体に日光を当てる必要があるので」

「……あぁ、だから木が密集していないわけね」

「そうです。せっかくなので豪華に土地を使っています。昔ほど大量につくる必要ももうありませんから」

彼女はどこか寂寥《せきりょうかん》感のにじむ微笑みを浮かべた。きっと今までの試行錯誤を思い返しているのだろう。実験と分析の積み重ね。それは素直に立派なことだと思う。

奥に進んでいくと、やがて木の下に半透明の白いフィルムが敷かれた一画が見えてきた。白いレッドカーペットみたいなものだ。意味するところはわからない。

「これは？」僕は訊いた。

「日光を反射するシートです。こうやって、収穫が近い木の下に敷いておくんです」

「ふうん……。それも高糖度の桃にするため？」

「こうすれば、反射で枝の下の部分にも光が当たりますから。くまなく桃を着色して糖度をそろえるんです。今日は、ここのシートの桃だけを収穫しましょう」

「ん、了解」

「それでは悠木さん。自己流で、まずは一個収穫してみてください。それを見ながら、わたしが詳しいやり方を教えます」

とりあえず試して、まちがっていたら直す。対象がスカイダイビングでなければ悪くない手法だ。僕は彼女に渡された作業用の手袋をはめると、桃を入れるかごを肩から提《さ》げて木に近づいた。

大きな桃がいくつも実をつけている。まだ涼しい早朝の空の下、それは桃色というより緋色《ひいろ》に近く、熱く火照っているようだ。近くの桃に僕が片手をのばすと、細長い葉がこすれて、さらさらと音を立てた。ふいに彼女が後ろから声をかけてくる。

「悠木さん悠木さん」

「二度も言わなくていいよ。なに？」

「両手を使ってください。桃は悠木さんと同じくらいナイーブです。傷つけないように枝を押さえて、そーっと取りましょう、ミスター未経験者」

「言ってくれるね。ん……。こうかな？」

僕は左手で枝を固定すると、右手で間近の桃を引き抜こうとした。

でも、なかなか枝から離れない。力を入れると、ぐしゃりと桃に指が食いこんでしまいそうなのだ。味は変わらないにしても、それは桃としていかがなものだろう。

意外と難しかった。仕方ないと僕は思った。一瞬だけ強く力を入れて、すばやく引き抜こう。そう思って肩を持ちあげた瞬間、後ろの彼女が珍しくあせった声を出す。

「あ、だめです、悠木さん！　それをすると潰れてしまいます」

大事に育てた果物はひとつでも無駄にしたくないのだろう。彼女はすばやく駆けよってくると、「ストップです。少しでも動いたら撃ちます」と言い、体を後ろから密着させて僕の手を押しとどめた。微かに甘い香りがただよう。

彼女は僕の手袋の上に自分の手を重ねると、「もっと手のひら全体を使うようにするんです。真似《まね》をしてください」と言って指をひろげた。僕も真剣に真似をする。

「では、ひねりましょう。はい」

彼女は僕の手袋の上から力を加えると、くるんと横に桃を回した。ぱちんと枝から切り離されて、呆気なく桃は取れた。

「いかがですか。簡単に取れたでしょう？」

「たしかに」

僕はまばたきした。「つまり、もぎとればいいわけね。よく考えたら当然か」

そして冷静になってみると、僕と彼女は同じ桃を持ってやわらかに密着していた。

わかりやすいレクチャーのために、彼女が後ろから僕に抱きついている格好だ。

僕は少し赤くなる。

「……あのさ」

「失礼しました」

熱い金属にでもさわったみたいに彼女はすばやく手を引いて、距離を取った。いつものように無表情だけれど、その頬はわずかに紅潮している。呼吸も少し速かった。

恥ずかしがっている、と僕は思った。そしてふいに疑問が湧く。

彼女は、僕のことをどう思っているのだろう？

その問いは、突風のように僕の胸をかき乱していった。

昔の彼女は僕の告白をきっぱりと断った。今こうして僕を雇用している以上、あのときのことは余波を残さず、きれいに消化したのだろう。でも、どんなふうに？

彼女にとって、昔の僕はどんな男子だったのだろうか。そして今の僕はどんな相手なんだろう？　そこにはたしかな差異があるはずだった。

あるいは先日、スクランブル交差点で再会した際、彼女は過去の自分の選択をひそかに後悔した……そういう可能性はないのだろうか。それは虫がよすぎる考え方だろうか。

ひょっとすると彼女は本当に、僕を単なる労働力としてしか見ていないのかもしれない。もしくは本音で純粋に、心からの信頼をよせてくれているのかもしれない。

でも、信頼されるとうれしい反面、男として不思議に虚《むな》しいものをおぼえるのはなぜだろう。こういう矛盾した心理は女性には存在しないのだろうか？

色とりどりの感情が僕の胸に切なく立ちこめるが、とりあえず今は業務中だった。

僕は「なにをぼやっとしてんの。そっちも働けば？　ミス雇用主」と気だるく悪態をついて、微熱空間に涼しい風を吹かせた。

「そうですね」

彼女はこほんと咳払いした。「では、わたしは向こうの木で作業しています。かごいっぱいに桃を摘んだら、こちらに運んできてください、ミスター被雇用者」

それから僕は手際よく桃を収穫して、肩から提げたかごに入れていった。

桃を七、八個入れた時点で、かごはじゅうぶんに重くなった。一〇個入れた時点で、僕は彼女のもとへと運んでいった。あまり重くなって潰れては元も子もない。

彼女のそばには、平たい収納ケースがいくつも積み重ねられていた。声をかけると振り返って彼女は言った。

「なかなか仕事が早いですね、悠木さん」

「そう？　普通でしょ」

「普通に早いです。では、このケースに端から並べていってもらえますか。普通の桃は黄色いケースに。だめなものは青いケースにお願いします」

「ん？　だめなものっていうのは？」

「出荷できない桃という意味です。色づきが悪いくらいならまだいいんですけど、目立つ傷があったりすると売れませんから。あとは鳥や虫に囓《かじ》られていたり、極端に小さかったり……ケースバイケースです」

「ふうん。ケースだけに？」

するると彼女は自分の腕で肩を抱き、青ざめた顔でかたかたと震えはじめた。

「なぜでしょうか、悠木さん。夏なのに、急に凍えるくらい寒くなってきました」

「……きみねぇ」

さいわい、あまり状態が悪い桃はなかった。黄色いケースに並べてやると、収まるべきところに収まった桃は、どれもつやつやと満足しているように見えた。

そして僕はまた自分の担当場所にもどって、一連の作業を繰り返す。

やがて日が高さを増し、まぶしい陽光と蟬時雨が降り注ぐころには、収納ケースは桃でいっぱいになっていた。

「それでは悠木さん、お約束した新鮮な桃です。食べてみてください」

仕事が終わったねぎらいということで、水で洗った桃を彼女が差し出してきた。作業中、じつは味見したくて仕方なかったから、けっこううれしい。

受け取った桃の皮を僕が指で少しずつ剝《む》いていると、「いえ。もうがぶりと皮ごと食べてしまってください。そのままで」と彼女は言う。

「いいの？」

「ええ。とろとろに熟したものより、とれたてがおいしい品種なんです。悠木さんらしく、両手で桃をわしづかみにして、獣のようにかぶりつきましょう」

「獣ね。オーケー……」

早く食べたかったこともあり、彼女のからかいにあえて乗ってみた。セミの声が響く夏の青空の下、僕は餓《う》えた狼《おおかみ》のように桃に歯を立てる。次の瞬間、果肉がぱりっと弾けた。甘い果汁がじゅわっとあふれて、たちまち口の中が洪水になる。

「……わぁ。うまっ！」

僕は思わず声をあげた。やわらかいイメージがあったけれど、弾力がすごい。歯ごたえは快く、しかし果肉は驚くほど瑞々《みずみず》しかった。豊潤な桃のジュースが口の中に収まらない。僕は夢中で桃を食べた。「すごい。獣のようです……！」と彼女は無表情で手をぱちぱち叩《たた》いて喜んでいた。僕は野獣的にふっと笑ってみせた。あふれた果汁が唇を濡らし、あごまで伝って先端から垂れていった。

彼女は詩の朗読のように若干うっとりとつぶやく。

「晴れわたる青空と、白い入道雲。あご先から果汁をぽたぽた垂らして、桃をむさぼり食べる悠木さん。本当に絶景です」

「もういいって、それ」

「わたし、この光景を一生忘れません」

「もうすぐ死ぬような言い方もしなくていいから」

僕は口のまわりを手の甲でぬぐってつづけた。

「でもこれ、本気でおいしいね。なんか桃全般を見直したよ」

「そうですか」

彼女はうなずき、にっこりと花のように満足そうに笑った。「よかったです」

英気を養ったあと、僕は彼女の案内にしたがって、桃の入ったケースを運んだ。

売りものにならない桃の入った青いケースは倉庫に持っていき、黄色いケースのほうは軽トラックの荷台に積む。量が少ないので作業はすぐに終わった。

荷台に積んだものの、これを行商人のように売り歩くわけではない。選果場というところに運ぶのだそうだ。そこで協同組合にまとめて買い取ってもらうのだという。

「個人で売るほうが本当は儲《もう》かるんですけど、なにかと大変ですから。わたしの小粋な営業トークは、お客さんに理解されないことが多いですし」

「ふうん」

僕は微妙に苦笑して「なんでだと思う？」と訊いてみた。

「わかりません。不思議です……」

「たぶん原因はそこにあるんだよ。でも、個人的にはそういうのも嫌いじゃない」

「はあ」

意味がよくわかっていない感じの返事をすると、彼女はどこかから紙箱をひとつ出してきた。白いネットをかけた桃を八個ほど中につめて、その紙箱を荷台の隅に置く。

たぶん途中でおなかが空《す》いたときに食べるおやつだろう。

「まあいいです。とりあえず出発しましょう」

「異議なし」

ひさしぶりに田舎町を車で走ってみたくなった僕は、運転してもいいかと彼女に訊いてみた。「いいですよ」と平坦な声でおっとりと快諾が返ってきた。

「悠木さんには特別に、わたしの『凪号』を運転させてあげます」

「は？　なに号だって……？」

「凪」

彼女が軽トラックの前面を指さすので、怪訝に思いながらそちらに行ってみた。

車体は可愛い水色で、全体的に丸みを帯びた、遊び心のあるデザインだった。ボンネットにはNと読める大きな白いマークがついている。

ふむ、と僕は思った。凪号のNだ。実際には自動車メーカーのエンブレムのNを、凪号のNだと言い張っているだけだが、NはNであり、LでもなければMでもない。

「普通の軽自動車もあるんですけど、これがいちばん好きなんです」彼女は言った。

「どうして？」

「凪号ですから」

「……うん。もうなにも言うまい」

「では、そろそろ行きましょう。見せてください悠木さん。冷めちまったこの町に、走り屋ならではの最速のドライヴィング」

「よし、ゆっくり行こう」

こうして僕は運転席、彼女は助手席に乗って、凪号をのんびりと走らせた。

明るい青空の下、牧歌的な風景の中をひたすら道なりに進む。このへんの地理には詳しくないが、彼女が教えてくれるから迷うことはなかった。のどかなドライブだ。

選果場にはすぐに到着した。

数多くのレーンがあり、その上を果物がひとつずつ流れていく、まさに工場という感じの建物だった。農作物はここで正式に選別されてから、市場に出まわるらしい。

僕は車の荷台から桃のケースを運び出すと、選果場のスタッフに渡していった。彼女はそのあいだ書類に記帳して、納品の手続きをしていた。

やがてケースを運び終えたころに彼女がもどってくる。

「お待たせしました、悠木さん」

「べつに待ってはいないよ。こっちの仕事はもう終わったから」

「みたいですね。やはり男の人がいると仕事がはかどります」

ありがとうございます、と彼女は言った。仕事だから、と僕はこたえる。

「これで今日の出荷はおしまいです。……悠木さん、疲れましたか？」

「なんで？」

僕はひらひらと気だるく手を振ってみせる。「まったく」

「そうですか。でしたら、帰る前に少し寄り道していきましょう」

8

選果場から、すでに三〇分近く車を走らせていた。

車窓から見える景色は、もう田園風景ではない。彼女の家のある地区を遠く離れて、ここは右も左も建物ばかりだ。どれも素朴なものだけれど、懐かしくはある。

このあたりは昔の僕のホームグラウンド。かつての生活圏であり、地元の中の地元だった。

見覚えのある風景を車で走っているうちに、やがて僕の通っていた中学校の前にさしかかった。歩道にマリーゴールドが植わった花壇があり、その先に校舎が見える。

でも中学には苦い思い出しかない。僕がアクセルを踏んですばやく通りすぎると、まもなく彼女が「次の角を右です。あとは道なりに進んで、突き当たりを左に曲がってください」と言った。なるほど、と僕は思う。

そして僕は指示通りに進んで、やがて到着した駐車場に車を停《と》めた。

あしか園。そこは僕が以前暮らしていた児童養護施設だった。クリーム色の建物も、庭に設置されたブランコも、低いすべり台も、呆《あき》れるくらいなにも変わっていない。

エンジンを切ると、僕は助手席の彼女に顔を向けた。

「知ってたの？　俺がここに住んでたこと」

住む場所が離れているから当然だけれど、彼女とは小学校も中学校もちがう。成績という基準で選《よ》り分《わ》けられて、たまたま同じ高校になっただけだ。

「ええ、知っていました。といっても仕事で偶然知ったんですけど」

「どういうこと？」

「仕事といいますか……依頼と表現したほうが正確ですね。以前、こちらの園長先生から、新鮮な桃を直接売ってほしいと頼まれたことがあるんです。それ以来、ずっと常連さんです」

「そっか。個人の直接取引ってことね」

「はい。悠木さんがさっき食べたような桃は、じつはお店だとなかなか買えません。

店頭にならぶころには追熟でやわらかくなってますから、ぱりっとした独特の食感が味わえないんです」

彼女の話によると、園長の口からふとした折に僕の話題が出て、それをきっかけにいろいろと知ったらしい。とても雑に個人情報が扱われていた。田舎は世界が狭いのだ。知り合いの知り合いの――とたどっていくと、二度か三度でだれもが結びつく。

「それにしても園長がねぇ……。なにをとち狂ったんだか。食堂を通さずに注文して、みんなにサプライズメニューでもご馳走したかったのかな」

だとすればいい話だと思ったけれど、直後に僕は首をかしげる。

「でも俺、そんなの食べたおぼえないけどなぁ」

「あ、子供たちにご馳走するとか、そういう美談ではなかったようです。あくまでも個人消費。好物をひとりじめするんだと言って、ほくそ笑んでいました」

「……あのたぬき親父！」

そういえば昔から園長とは反りが合わなかったことを僕は思い出した。悪い人ではないのだけれど、なんとなく性格が合わないのだ。急に回れ右して帰りたくなった。

でも彼女は、いち早く車をひらりと降りて、僕を身軽に振り返った。

「悠木さん、まだ園長先生のところには挨拶に行っていませんよね。行きましょう、手土産も用意してありますから」

　仕方ない。僕は嘆息して車を降りた。今さらながらに気づいたけれど、荷台の隅に置いてあった箱詰めした桃はおやつではなく、園長に渡すためのものだったらしい。

「あー、ごめんください」

　あしか園の見慣れた玄関で、僕が倦怠感《けんたいかん》たっぷりの声を出すと、それを打ち消すかのように陽気な返事が飛んできた。

「やあやあ悠木、待ってたよ！　でもこういうときは、ただいま、じゃないのー？」

　出てきた園長が片手をあげて挨拶した。僕らが来ることは連絡済みだったらしい。

「……元気そうじゃん、園長。相変わらず暑苦しく温暖化に貢献してるみたいだね」

「悠木の毒舌も健在でよかったよ。じつは昨日、凪ちゃんから電話をもらってさ。また会う機会をつくってもらったってわけ。それはそうと、ただいまは？」

　ただいま、と僕は仕方なく言った。

　園長は鳥の巣のようなぼさぼさ頭の男だ。昔は頭頂部にインコを飼っていたこともあるとうそぶいて、よく子供たちをかついでいた。見た目は三〇代だけれど、実年齢はとっくに五〇歳を超えている。今日はカラフルな半袖シャツ姿だった。

　僕が桃の入った箱を渡すと、園長は僕ではなく彼女に顔を向けて言った。

「ご苦労さま、凪ちゃん！ 最後にこれ、食べておきたかったんだ」

「光栄に思います」

「おたがい、中でゆっくり茶飲み話でもしたいところだね。でも今はこんな状態だから、立ち話で失礼するよ。応接セットも運び出しちゃったあとだし」

「待ってよ園長。そのことだけど……」

僕は話に割りこんだ。「どうなってんの……？ 人がぜんぜんいないじゃん。家具とかも、ぜんぶなくなってるし。どこにやったわけ？」

「あれ。凪ちゃんから訊いてない？」

僕が横に顔を向けると、彼女はいつものように淡々と「説明しようかとも思ったのですが、園長先生から直接聞いたほうが早いと思いまして」とこたえる。

話のつづきを引き取るように、園長が衝撃的なことを告げた。

「この施設、もう閉めるんだ」

子供も職員もいない施設は、見知った場所ではないようだった。

がらんとしていてベッドも机も棚もない。あれほど騒がしかった三人部屋も今は寒々しいだけ。そんな部屋をぼんやり眺める僕らの後ろで、園長は静かに語った。

「こんな時代だし、国もがんばってるんだ。両親が突然消えて、身寄りがなくなった子供たちのことは社会問題だからね。新しい仕組みが急速に整えられつつある」

うちみたいな民間の施設の役割はもう終わったんだよ、と言って園長は苦笑した。

僕は振り向く。

「どうして？」

「システムも設備も、国立の施設のほうがずっといい。うちとちがって、税金を使えるからね。まあ、湯水のごとくとは言わないけど」

あしか園は決して大きな施設ではなく、それでも昔はつねに二〇人近い子供がいたものだ。一方、国が現在普及させている施設は、定員六人ほどのシェアハウス型。建物もきれいで新しく、しかも中学生になったら自分だけの個室をもてるという。

それはたしかに魅力的だと僕も思った。

「子供たちもスタッフも、とっくに新しい場所に移動済み。今は最後の後始末をしてるところなんだよ。どのみち、うちみたいな古い施設はなくなる運命だったんだ」

「……そっか」

決してもどりたくはないけれど、自分が育った場所だ。正直なところ僕も淋《さび》しい。

しかし現実問題、人が突然いなくなる現象が相次いでいる今の社会において、国の主導で仕組みが整えられていくのなら、流れには逆らえないのかもしれなかった。

「まあ、ほかにも理由がないわけじゃないけど」ふいに園長が小さくつぶやく。

「ん、なに？」

僕は園長に顔を向けた。「アンニュイな雰囲気とか似合わないよ。言いたいことがあるなら、はっきり言えば？」

「んー、それもそうだね。じつは凪ちゃんとふたりそろって来てもらったのは、言いたいことを言うためでもあったんだ」

「なにそれ？　どういうこと」

すると園長は急に口をつぐんだ。沈黙を保ったまま意味深に僕を見て、同じように彼女に目をやる。作為的で演劇的な間がつくられた。役者のようだ。だとすれば性格俳優だった。やがて園長は眉をよせて、味のある渋い笑みを浮かべながら言った。

「ふたりとも、早くしあわせになりなさい」

僕は思わずきょとんとした。「はぁ……？」

彼女も呆気に取られたらしい。「はい？」

この人は、唐突になにを言い出すのだろう？

「わざわざふたりで来てもらったのは、じつのところ俺なりに、相性を見極めるためでもあったんだ。悠木のことも、凪ちゃんのことも前から知ってるけど、人と人との関係性ってのは、また別物だからね。別物というか、生ものというか。自分の目で見て確信が得られるまでは、くっついちゃえなんて軽々しく言えないよ」

唖然《あぜん》としている僕らの前で、園長は飄々《ひょうひょう》と言葉をつぐ。

「俺の見る限りだと、ふたりの相性は極めて良好！　本気でそう思うよ。太鼓判を押してもいい。まあ、太鼓判ってなんなのかは知らないんだけどね。ねえ凪ちゃん、俺が言うのもなんだけど、悠木はいい男だ。安心していい」

「……ちょっとちょっとちょっと」

我に返った僕は赤面して口をはさんだ。「急になにを言い出すわけ？　どうかしちゃったの、園長？　頭の中が花咲かじいさんになっちゃったのかよ？」

経緯がよくわからないけれど、僕と彼女がお似合いだと園長は言いたいらしい。

もちろん僕はそうだと思っているし、いずれはそれを具体的な形にしたい。

でも第三者に好き勝手なことを言われるのは、心の底から鬱陶《うっとう》しかった。よけいなお世話にもほどがある。そもそも園長のこういう点が僕は昔から苦手だったのだ。

いろんな人がいる。いろんなことが世の中にはある。でも僕と彼女のあいだには、なるべく不純物を介入させたくない。恋愛は純粋なものであるべきだ。結婚は打算でも計算でもいいと思うが、これは運命の初恋の延長戦なのだから、横槍《よこやり》はいらない。

　珍しく、彼女も心持ち声を大にして言った。

「園長先生、それはいささかルール違反なんじゃないでしょうか。わたしの想定外の展開です。いくら理由が理由だからって――」

　ところがふいに彼女の言葉がぴたりと止まった。急にどうしたんだ？　理由ってなんだろう。不審に思う暇もなく、園長がこほんと咳払いして言う。

「そうだね。ちょっと飛ばしすぎた」

「え？」

　突然の殊勝な発言に、僕はつい面食らった。園長は背筋をのばすと、どこか淋しげな微笑みを浮かべ、先ほどまでとは打って変わった落ち着いた口調で言った。

「たしかによけいなお世話だったよ……。でも、ひさしぶりに楽しくてさ。はしゃぎすぎてしまった」

　ふたりとも、今日は来てくれてありがとう、と言って園長は頭を下げる。

　毒気を抜かれた僕は、無言でぱちぱちと目をしばたたいた。

僕らが帰るころには、園長はすっかり大人らしい態度に変貌していた。あんなにお節介なことを言っていたのが嘘みたいに謙虚だった。そして丁重に見送ってくれた。彼が口にしたいくつかの言葉は、僕の胸に思いがけず深く刻まれた。帰りの車の中で何度も思い出し、示唆された内容や意図について考えてしまったくらいだ。

でも、だからどうしろというんだろう？

口数少なく車を走らせて僕らは家に帰り、こうして初日の仕事が終わった。

9

仕事の流れを一通りおぼえた僕は、翌日もまた同じように彼女と働いた。

もともと凪さんと彼女の祖父がふたりで営んでいた果樹園だ。仕事量が膨大というほどでもない。こつをつかんだ数日後には、ほとんどの作業が昼前に終わるくらいにはなっていた。仕事は楽であるに越したことはない。

午後の空いた時間は家の掃除をしたり、皿や食器を洗ったりしてすごした。僕はこれでも家事全般が得意だ。苦手なことも比較的少ない。あえて挙げるとしたら酢豚に入っているパイナップルくらいのものだろう。あれだけは死んでも許せない。

そのようなわけで、僕は日々の食事当番も引き受けていた。好きなものを食べたければ、自分でこしらえるのが最も道理と倫理にかなう。

「さて」

同居生活をはじめて五日目。その日の夕食には、夏野菜のラタトゥイユをつくることにした。得意料理というわけではないけれど、彼女も食べるのだから適度に凝ったものをつくりたい。それに野菜が豊富にとれるから、夏の暑い日にはうってつけだ。

緑のピーマンと黄色いパプリカ、大きな茄子《なす》とズッキーニと玉ねぎ。それらを角切りにしてオリーブオイルとにんにくで炒《いた》めたあと、トマト缶を投入する。あとは岩塩と胡椒《こしょう》とバジルとオレガノを加えて煮こむだけだ。

「ん。それから……」

薄く切ったバゲットと、ふわふわのプレーンオムレツは欠かせない。ラタトゥイユはソースとしてオムレツに添えても乙なのだ。

でもオムレツだけでは、たんぱく質が足りないだろうか？

「まぁ、魚は買ってある」

白身魚のエスカベッシュをつくって合わせよう。僕は魚を漬ける酸っぱいソースをつくるために、残った野菜を機械的に切っていった。そして切りながらぼんやりと考えごとをした。反復作業をしていると、なぜかたまにそんな状態になる。

思い出していたのは数日前の園長の話だった。結局のところ、彼はなにをしたかったのだろう？

わからない。わけではない。意図するところはいちおうわかる。発破をかけてくれたのだ。でも簡単に定義して片づけてしまいたくない種類のことが世の中にはある。なんというか、どこか不思議な感じがするのだ。ただ、どういった部分をどのように不思議だと思っているのか、それが自分でもいまいち把握できない。

「まったく……」

ふたりの相性は極めて良好だなんて言っていたな、と僕は苦笑する。園長らしく軽やかにずいぶん背中を押してくれていた。ただ、それを踏まえたとして——僕はどうするべきなのだろう。

あらためて自問する。僕は今、なぜここにいるんだ？

それはもちろん仕事のためでもあるけれど、彼女が好きだからだ。彼女との距離を縮めたくて、この町を訪れた。それが主目的だ。僕は彼女と特別な関係になりたい。

「だけど」

僕はぽつりとつぶやく。

僕と彼女は業務の契約上、当分のあいだ同居する。そんな状況下で好きだと告白するのは大きな賭けだ。成功すれば言うことはないけれど、失敗したら心は大雨。それで残りの九五日をすごすのは苦行と同じだろう。雇用されている以上、逃げられないし、逃げるのは不誠実だ。なるべくデリケートに仕掛けなければならない。

今はまだ動くべきじゃないんだ、と僕は自分に言い聞かせた。

もっと事態をくまなくじっくりと観察する必要がある。そのときが来たことをはっきり確信できた時点で、想《おも》いを伝えればいい。

だから今はとにかく、何事もないようにふるまっていよう。平常心を心がけて。

「平常心」と僕はつぶやく。

「え？」

「あ、べつに……なんでもない」

凪さんは不思議そうに首をかしげた。そして僕らは口数少なく食事を再開する。

あれから予定通りに料理はできあがり、僕らは今、夏野菜のラタトゥイユと薄切りのバゲットとプレーンオムレツと白身魚のエスカベッシュという夕食をとっていた。

料理はいい出来で、彼女もおいしそうに食べてくれていたが、食卓は静かだった。

僕がずっと無言だったからだ。料理中に考えていたことが頭からどうしても離れない。何事もなくふるまうことを意識しすぎて過剰にそっけなくなってしまっている。

「このラタトゥイユ、おいしいですね」

「ん」

「野菜の甘みがなんとも言えないです」

「ん」

「この白身魚のエスカベッシュもなかなかの逸品ではないかと。……聞いてますか、悠木さん？」

「ん。ちゃんと聞いてる」

その後は食器の音だけが静かなリビングに、かちゃかちゃと響いた。

やがて食事を終えた彼女が部屋を出たのを見計らって、僕はふうっと息を吐いた。

息が詰まるような夕食だった。あくまでも僕の中ではということだけれど。

ちょっと意識しすぎたな、と僕は自分をたしなめて食器をキッチンへ運ぶ。

ひとりで静かに洗い物をしていると、熱く凝り固まった気分が次第に冷えていくのがわかった。とにかく今は皿を洗おう。スプーンとフォークを磨こう。今度こそ本当に本当の、平常心を心がけよう。先はまだ長いのだから。

そんなことを考えて水仕事をしていたとき、ふいに僕の背中をだれかがつつく。

もちろん相手は凪さんしかいない。「なに？」と言いながら振り返ったその瞬間、僕はひっくり返りそうになった。

「うわっ？」

彼女は骸骨の面をかぶっていた。

それも、すごい迫力の代物だ。獣の頭蓋骨に似た形に長いつのが生えている。とっさに後ずさった僕はキッチンに腰をぶつけた。そのはずみで今度は前によろけた。

「わっ！」

僕は前のめりにキッチンの床に倒れた。

でもだいじょうぶだ。なにも問題はない。僕は床にしっかりと両手と膝をついている。どこも痛いところはなかった。ひとつだけ問題があるとすれば、それは僕の体の下に仰向けの凪さんがいるということだろう。

思いがけないことに、僕は彼女におおいかぶさるような格好になっていた。ひろげた両手を床についていて、その内部に彼女を閉じこめている。逃がさないというふうに。

ふだんは表情がとぼしい彼女も、今は驚きで切れ長の目を見開いていた。頬は少し紅潮していて、それは僕も同じはずだった。顔も体も熱を帯びて、心臓がどくどく鳴っている。骸骨の面は、倒れたはずみで遠くのほうに転がっていた。

言葉は失われている。ふたりとも見つめ合ったまま無言で動かない。なぜだろう。

彼女は今、なにを考えているのだろうか……？

わからなかった。

でも、花のような甘い香りとやわらかさのせいで頭がくらくらする。僕が唇を噛んで衝動をこらえていたとき、ふいに彼女が細い声を出した。

「とくに問題はなさそうですね」

「え……？」

赤面しながらも、彼女はきまじめに淡々と語り出す。

「べつに深い意味はありません。ただ、夕食のときに悠木さんが不機嫌そうだったので、どうしたのかなと思って。もちろん頭では理解しています。わたしといるのが退屈なんですよね？　仕方ありません。基本的に退屈な女なので。でも、だったらせめて少しくらいは驚かせて、刺激を与えてあげたいと思いまして」

僕は意表をつかれて言葉を失った。

彼女の濡れた大きな瞳が、僕をじっと下から見据えている。

「……わたしにだって、それくらいの意外性はあるんです」

なにか目を覚まさせられたような感覚があった。そして胸が強く締めつけられた。

ぎゅっと切ないくらい強く。ひび割れてしまいそうなほどに。

なんていじらしい？　なんて健気？　なんて思いやりがある？

ちょっと言い表せない。今の僕の胸にどんな感情が充満しているかなんて、言葉で簡単に説明するのは不可能だ。

ただ、もう我慢できないとは思った。

彼女の上になった状態で、僕は吐息のようにささやく。

「凪さん……」

「なんでしょう」

僕と彼女は紅潮した顔を至近距離で見合わせて、だまった。あるいは僕らはなにかを待っているのかもしれない。なにを待っているのかなんて、だれにもわからない。

激しい沈黙としか呼びようがないものが通りすぎて、やがて僕は言った。

「凪さんは、もともと意外性あるよ」

「えっ？」

「しかも、かなり」

彼女は大きく目をみはり、その後「ありがとうございます」と平坦な声で言った。

それから、今度は僕が意外性のある言葉を提示する。

「ねぇ」

「なんですか」

「今度から、凪って呼びたい」

一瞬ぴくっと彼女は体を震わせた。でも静かに深呼吸して、クールな声を出す。

「いいですよ」

凪と呼んでください、と彼女は言った。そしていつもより早口でつづける。

「ただ、わたしのほうは今までどおり、さんづけでもかまわないでしょうか。悠木さんは、さんがつくことで完璧な語感になる気がするんです。いえ、すみません。正確な表現ではありませんでした。わたしはただ、悠木さんという呼び方が好きなんです。とてもとても。それに呼び捨てだと、臆病の対義語と区別がつきませんし」

「凪」

「はい」

「……もう黙ってろ」

一秒後、彼女はこくんとうなずいた。

そして僕は顔を近づけて、彼女とそっと唇を重ねる。

それはとても瑞々しくやわらかかった。体中のすべての感覚がそこに集中していて、気が遠くなるくらい彼女という存在を間近に感じた。そこから受け取ったすばらしいものが光のように全身に伝わっていった。そんなことは初めての経験だった。

僕が顔を離すと、彼女は頰を上気させて、ぼうっとしていた。無表情でうっとりしているようにも見えた。そのまま彼女の瞳を真正面から見つめて僕は言った。

「高校時代のことをおぼえてる？　いや、おぼえていても、いなくてもいい。昔のことはどうでもいいんだ。大切なのはいつだって今だから」

そして僕は胸いっぱいの真心をこめて告げた。

「きみのことが今、とても好きだ。つきあってください」

なにかが、まっすぐに駆け抜けたのを感じた。

彼女の目が驚きでぱっちりと見開かれて、それから紅潮した頰が次第にゆるんでいく。充満していた緊迫感もやわらいでいった。ああ、と僕は思った。

「はい」

彼女は微かに震える声でささやく。

「よろしくお願いします」

とても言葉にできないくらい大きな喜びがそこにはあった。こんな気持ちが世界に存在したなんて、と僕は思う。

胸がいっぱいで、今のしあわせを表す正確な言葉が、本当にみつからなかった。

ふいに彼女の瞳から、すうっと透明な涙が流れ落ちる。僕は驚いて尋ねた。

「どうしたの？」

彼女は困惑したように目をぱちぱちとしばたたき、手の甲でこすった。でもそれは意思とは関係なく、次々とあふれ出てくるようだった。

「なんでしょう。感動したみたいで……止まりません」

「……そっか」

そういうこともあるのだろう。この世界には今日という、なによりも喜ばしい日だって存在するのだから。彼女は、大切にします、と小さな声でつぶやいた。

涙を流す彼女を、僕は両手でやさしく抱き起こした。

そのまま彼女は僕につかまって、しばらく静かに肩を震わせていた。

# 第二章
# ふたりだけの世界

# 1

朝に収穫した桃を選果場に運び入れて、いつものようにその日の仕事が終わった。

もうすっかり作業にも慣れた。凪のもとで働きはじめて一〇日目だから、当然といえば当然かもしれない。

でも、まだ日差しもあまり強くない時間帯だ。長い夏の日、今日はこれからなにをしてすごそう。僕が顔を向けると、彼女は長い髪にくるくると指をからめて言った。

「悠木さん、このままお出かけしませんか?」

彼女の声は相変わらず抑揚にとぼしくてクールだ。でも、考えていることが合致したのは、以心伝心という感じでうれしい。僕はわずかに頬をゆるめてこたえる。

「ん。悪くないね」

すると彼女はおっとりとした平板な声で「悪くない……」とつぶやく。

「いい、とストレートに言ってはいけないのでしょうか?」

「いけないなんてだれも言ってないよ。で? どこ行くの?」

「悪くないところです」

「……いいところってことね。うん、その切り返しは悪くない」

「ありがとうございます。わたしが案内するので、悪くない運転をお願いしますね」

そう言うと、彼女はまとっていたピーコックブルーのポンチョに似た作業着を脱いだ。すると華やかで妖精的なフリルスリーブのトップスと、白いミモレ丈スカート姿の彼女があらわれて、僕は目を奪われる。よそ行きの服装だ。彼女の黒髪とほっそりした体に、それはとてもよく似合っていた。白い天使のようだ。この姿に胸がときめかない男子がいるだろうか、と反語表現だってしたくなる。

ともかく目的地は知らないけれど、今日の彼女は最初からどこかに出かけるつもりだったらしい。

「行きましょう、悠木さん」彼女は車の助手席に乗った。

「ああ」僕も運転席でエンジンをかける。


僕と彼女が正式につきあい始めて五日目。

日々は高級なチョコレートケーキのようだった。甘くしっとりしていて、華やかさと香ばしいアクセントがある。品のいいブランデーも使っている。

表面上の態度にこそ出さなかったが、僕はいつもそんな気持ちでいっぱいだった。彼女が僕の告白を受け入れてくれた——そのこと自体の喜びがいまだに抜けない。

それに加えて、今はきっと恋愛における、最も心躍る時期でもあるのだろう。

じつのところ僕は奥手だから、過度に親密にふるまうのは照れるものがあって、告白の日から目立った進展はなかった。言いかえれば、おたがいにまだ知らない手つかずの領域がふんだんに残っている。そして僕はそれを可能な限り、なるべくゆっくりと味わいたかった。ふたりの感情を大切にして、さまざまなプロセスや期待感も含めて、このしあわせな恋愛的モラトリアムを満喫したい。

車を軽快に走らせながら、僕はとりとめもなくそんなことを考えていた。助手席の彼女はわずかに頰をほころばせて、満足そうに景色を眺めている。

白い雲が浮かぶ青空は今日も見とれるくらい澄んでいた。その青はどこまでもつづいているように見える。夏の生命力は無限にあふれているように感じられる。

きっと僕らのしあわせも、その風景と同じなのだろう。果てしなくつづいている。

そう、同居の期間は、あと九〇日も残っているのだ。三ヶ月あれば、なんだってできるだろう。時計の針を早回ししないように気をつけて、状況を味わい尽くしたい。

あせる理由なんて何もないのだから——。

もちろん恋人同士になった以上、その期限がすぎても幸福はつづくのだけれど。

目的の場所には、それから約一時間後に到着した。

水底の石がくっきりと見える透明な小川が近くを流れている。左右は崖になっていて、土の部分にはこんもりとシダ植物が茂り、背の高い樹木たちは隙間を埋めようとするみたいに葉を複雑に重なり合わせていた。

森の底を思わせる神秘的な渓谷。そこを貫く遊歩道を僕らは今ならんで歩いている。あたりは静かで、ほかにはだれの姿もなかった。

「ふうん。悪くないところだね」僕は軽くあたりを見回して言った。

「悪くない……ですか」

「なに？　その話題、まだ引っ張るの？」

「やめておきましょう。発展性のない話題ですから」

たわいもない話をしながら僕らは歩く。

彼女の話によると、ここは知る人ぞ知る穴場であり、景勝地として有名な渓谷らしい。休日はそれなりに混むそうだ。たしかに道は歩きやすく整えられている。

景勝地とはいっても山奥だから、歩いて来るのは大変だろう。でも車なら苦労しない。そしてこの田舎町では車がないと、まともな生活ができない。

山の中の駐車場に車を停めて少し歩いたところに入口がある。そこから長い長い階段をおりていくと、この渓谷の遊歩道に出るのだった。

「ここはわたしのとっておきの場所なんです。目的もなく散歩していると、悩みや現実を忘れてリフレッシュできます」

「ん、そっか……。凪にもやっぱりそういうことってあるんだね」

「それはもう。なんといっても、わたしは傷つきやすい繊細な乙女ですから」

「傷つきやすい繊細な乙女は、自分でそんなことを言わない気もするけど、まぁ気がするだけ。で、実際の話どうなの？」

「どうと言いますと？」

「最近、傷ついたことはある？」

「はい」

「えっ？」

予想外の毅《き》然《ぜん》とした口調に、僕はぎょっとした。そして内心うろたえる。いっしょに暮らしているのに、彼女が傷ついていたなんて気づきもしなかった。

「なんだよ……その、だいじょうぶなの？」僕は若干こわごわ尋ねた。

「どうでしょう。あまりだいじょうぶではないかもしれません」

「ウソ。どこか痛いの？」

「痛いです」

「……どこ？」

「心が」

「うわあっ」

つい大きな声を出してしまった。僕らしくない悲鳴が静寂の森にこだまする。

まいったな、と僕は思った。同居中のパートナーの傷心に気づかないなんて、普通に考えたらありえない。可能性はひとつしかなかった。気づかないのは、そもそもの原因が僕にあるからだ。どうやら僕は知らないうちに、彼女を傷つけていたらしい。

「悪い、凪。ちょっと気づかなかった。俺、どうしたらいい？」

「手」

彼女はなぜかほんのり赤面しながら、白い手を差し出してきた。なんだろう。

「……どう思いますか、悠木さん。こんなところに手があります」

僕は一瞬まばたきして、彼女の口にした言葉の意味について考えた。こんなところに手があります？　なにをどうするべきなのか、口を結んで僕は考える。

沈黙に耐えきれなくなったかのように、やがて彼女がぼそぼそと言った。

「その……なんと言うのでしょうか。せっかくこんなに気持ちのいい場所に連れてきたんです。邪魔する人だっていません。だとしたら、少しは悠木さんらしい悪事を働いてもいいんじゃないでしょうか？　そもそも悠木さんという人は元不良で、生意気なんです。ドSの星の王子なんです。その本性は悪魔のように攻めの気質で——」

「……はいはい。もう黙ってろ」

「ひゃ？」

僕は差し出された彼女の手を握った。そして指と指を交互にからめて、深く密着させた。驚いて目を見開いている彼女に、僕は赤面しながら告げる。

「なにが俺らしい悪事だよ。好き放題ののしって、何様のつもり？」

彼女は頬を紅潮させせながら小声でこたえた。

「……彼女様です」

僕の眉がぴくっと片方だけ動く。そう返されるとは思わなかった。

「まぁ俺は彼氏様だから、そこで相殺されるんじゃないのかな。ののしった罰としてこの手は離さない。行くよ」

「そういうことでしたら仕方ありませんね」

そして僕らは恋人らしく、手を握って歩きはじめた。

不機嫌を装ってはいたけれど、もちろん僕は心の中で感謝していた。彼女はわざと挑発して、きっかけをつくってくれたのだろう。

もしかすると、彼女は実際に少しだけ傷ついていたのかもしれない。こんな状況でも、僕が手のひとつも握ろうとしなかったから。心が痛い発言の真意はそういう部分にあったのかもしれない。正解は不明だった。すべては推測にすぎないし、真意を問いただすことでもない。それよりもずっと重要で、あきらかなことがある。

それは凪のわかりにくいけれど、たしかに存在する心配りと、気持ちのいい感覚。

彼女の手はなめらかでやわらかく、骨張った僕の手とはまったく感触がちがっていた。女の子ってこうなんだという新鮮な驚きと感動があった。それを与えてもらったことに今は感謝したい。

お礼に、僕もなにか善《よ》きものを彼女にあげられるとよいのだけれど。

「あの、悠木さん」

「なに？」

「悪くないですね、こういうの」

「……ああ、悪くないよ。いい。それにわりと発展性もある」

彼女の言う〝こういうの〟ってなんだろう。それは好きな相手を思いやって、おたがいに喜び合えるなにかを探すこと――なんて考えるのも、ときには悪くない。


やがて屋根とベンチのある簡単な休憩所が見えてきた。彼女の提案で、僕らはそこで遅めの昼食をとることにした。

「でも、なにを食べる？　木の実？　きのこ？　もしかしてカブトムシ？　俺、なにも用意してきてないけど」

「カブトムシはちょっと……。カブトガニなら焼けばなんとか？」

「無理でしょ」

話しているあいだに、彼女は持参のかごバッグからランチボックスを取り出すと、布をほどいて、ぱっと開けた。

「お」僕は目をみはる。

「早起きして、サンドイッチをつくってきました。いつも悠木さんにお株を奪われているので、たまには本当の実力を見せたくて」

「へえ……」

僕は少し驚いた。「じつはちゃんとつくれたんだね。すごいじゃん」

「えへん」

彼女は表情を変えることなくクールに言った。ちょっと可愛い。

ランチボックスには多彩なサンドイッチが大量に入っていた。

たまごサンドイッチ、ハムとレタスのサンドイッチ、いちごジャムとバター、ピーナッツバターとバナナ、ほかにもいろいろ。おかずも多彩だ。たまご焼きとプチトマトと鶏《とり》のからあげ、青々としたブロッコリーとアスパラガスも入っている。

「いただきます」

僕は早速たまごサンドを口に含んだ。

たまごの風味がくっきりと際立っていて、全体の味はまろやかで濃厚。お世辞抜きにいい出来だった。

「……おいしい！」

「よかったです」

彼女はほっとしたように息を吐き、それからクールで素敵な微笑みを浮かべる。

「遠慮せずに、どんどん食べてください」

「サンキュ。ほんとにおいしいよ。このたまごサンド、玉ねぎとパセリを使ってタルタルソースみたいにしてあるんだね。さっぱりしててパンに合うよ。発展性がある」

「次々と食べたくなるということですね」

「そ」

「とてもうれしい感想です」

彼女は目を細めて、ふわりと花のような笑顔になった。素直に可愛いと僕は思う。

そんなふうにして、僕らは楽しく気持ちのいい食事を満喫した。


食事のあとは森の遊歩道の端まで、ゆっくりと歩いた。来た道をただ引き返すのも飽きるので、帰りは上に出ることにする。夏の午後のように長い長い階段をのぼると、鬱蒼とした渓谷から、空の広い平地に出た。

やがて彼女が静かに吐息をつく。

「はぁ……」

「だいじょうぶ凪？　疲れたの？」

「あ、いえ、ちょっと空に見とれたんです。なんだか目を奪われてしまって……」

見あげると日はすでに傾いて、彼方《かなた》の森でひぐらしが鳴いていた。陰影がついて、立体感がよくわかるようになった夏の雲が、オレンジ色のまだらな光を放っている。

不思議だな、と僕は思った。こういう黄昏《たそがれ》の情景を見ると、いつも一種独特の感じがこみあげる。その正体はいったいなんだろう。どういう感情なんだろうか。

「美しい」とも「切ない」とも「淋しい」とも厳密にはちがうけれど、それらを少しずつ含んでいそうではある。ただ、ぴったりとそのものを表す、適切な言葉を当てはめるのが難しい。それはきっと繊細で、少なからず曖昧な感覚なのだろう。

でも案外どこかの外国語には、ぴたりとそれ自体を表す言葉が存在するのかもしれない。そんな気もする程度には、ありふれた光景でもある。そこが面白い。

「行こう凪。空を見ながら、ゆっくり」

「そうですね、ゆっくり」

僕らはふたたび手をつなぎ、夏のまぶしいオレンジ色の夕陽の中を歩きはじめた。

氾濫する光の中、路上にのびたふたつの長い影が、黒い地面に溶けこんだりあらわれたりしながら、分身みたいに連れ立って僕らについてくる。

やがて僕らは車を停めた駐車場に辿り着いた。ふと思い出したことがあって、僕は隣を歩く彼女に顔を向ける。

「ねぇ凪、ひとつ訊いてもいい？」

「なんですか？」

「ん……」

僕はやや言葉を選びながら言った。

「凪ってさ。昔はもっとこう、地味だったよね。人嫌いとまではいかないけど、人見知りするタイプというか。喋り方とかも、今とはけっこうちがってた。でも、少し見ないうちに、ずいぶんそのあたりが変わったでしょ。どうして？」

本当はずっと気になっていた。切実な欲求というよりは、水面下で好奇心を刺激されつづけていたという感じではあるけれど。

ただ、心から離れないことに変わりはない。だって好きな相手の事情なのだから。

彼女は「ん」とつぶやくと、いつもの無表情な顔でわずかに首をかしげた。

「べつに文句とか、つけてるわけじゃなくてさ。なにか自分を変える出来事でもあったのかと思って、ずっと気になってたんだけど……。もしかして凪、自覚ないの？」

彼女は言葉を返さなかった、切れ長の美しい目で、前衛的な絵画でも眺めるように僕を見ていた。なるほど、僕の質問の意味がわからない。つまり彼女は自分が変わったことをまったく認識していないのかと僕は思い、驚くと同時にちょっと呆れた。

　ふいに彼女は一瞬さりげなく長い睫毛を伏せる。それから顔をあげて、どこか思い詰めたような表情で切り出した。

「わたしも質問してもいいでしょうか」

「え？　いいけど」

　すると彼女は唇を閉ざした。どこかためらいの色を帯びた沈黙がただよう。

　ひっそりと音のない深呼吸をしてから、彼女は口を開いた。

「……悠木さんは、どうしてわたしを好きになってくれたんですか？」

「え？」

「ずっと心に引っかかっていたんです、わたしのほうも」

　彼女は心持ち声を震わせてつづけた。

「わたしには愛想も愛嬌《あいきょう》もありません。残念ですが、異性に好かれるタイプではないように思います。悠木さんとはちがうんです。それなのにどうして……？」

　ふっと僕はつい微笑んでしまった。なんだ、そんなことか、と思ったのだ。

「べつに悩むようなことじゃないでしょ。人を好きになるのに理由はいらない」

　恋愛は、微分積分や三角関数とはちがう。ただなにかの拍子に、いつのまにかその状態に移り変わっていることに気づくだけだ。トポロジーの世界に迷いこんだみたいに、気づけば好きの谷底に落ちている。そして落ちたら、理詰めでは這《は》いあがれない。そこは感情と経験と、はっきりとした行動がものを言う世界だからだ。

「ただ、好きになった。きっと最初から決まってたんだ」

「えっ？」

「運命だよ。ほかに言葉が必要？」

しばらく沈黙の時間が流れて、やがて彼女がふいに不思議な声を出した。

「……きゅう」

次の瞬間、彼女はゆっくりとくずおれていき、その場に膝をついた。駐車場のアスファルトにすわりこみ、ぼうっとして、ほとんど放心状態に見える。

「どうしたの、凪っ？」

「すみません。力が……抜けてしまって」

「どこか痛いの？　だいじょうぶっ？」

「ご心配なく。ただちょっと、感情のメーターが振り切れてしまったみたいで……。そういうロマンティックな言葉をかけられるのが、ひそかな夢でしたから」

うれしくて、と彼女は眉尻を下げて両目を細めた。

軽い台詞《せりふ》でも、歯が浮く言葉でもなかったはずだ。僕はただ当たり前のことを自然に口にしただけだった。でも喜んでもらえたのなら、それに越したことはない。

僕はその場から動けない彼女をおぶると、車の助手席に乗せた。

どこかにぶつけたら壊れてしまいそうなくらい彼女は軽かった。だからシートベルトは必要以上に、しっかりと丁寧に締めさせた。

そして僕は車を出発させると、西に沈む太陽を気だるく追いかけて家に帰った。

## 2

その内容をくわしくはおぼえていない。でもまちがいなく幸福で、心地いい夢から朝に目覚めた僕が、着替えをして一階におりていくと、凪の姿が見当たらなかった。

珍しいな、と僕は思った。

ふだんの彼女は、この時間には身支度をととのえて、僕を待ち構えていることが多い。そして「おはようございます、悠木さん。今日も朝から笑ってしまうくらい格好いいですね」などとユニークな挨拶をしてくれる。内容はともかく、あるべきものがないのは淋しい。世の中の発見の大半は、そのようにしてもたらされる。

「ねぇ。凪ー？」

軽く見てまわったが、リビング周辺にはいなかった。

まだ寝てるのかもしれないな、と僕は思う。

昨日は渓谷の遊歩道をふたりで楽しく散策した。でも疲れがたまっていたのか、帰ってくるなり彼女はぱたんと寝てしまったのだ。非常に深い眠りだったらしく、夜食の用意などもしていたのだけれど、結局は彼女が途中で起きてくることはなかった。

このまま目覚めなかったらどうしよう。ありえない胸騒ぎがしてきたので、僕は彼女の寝室へ向かった。板張りの廊下を進んだ先にある、木製の扉をこつこつと叩く。

「凪、入るよ」

扉を開けると、おかしな格好でベッドに横たわっている彼女の姿があった。

僕は思わず目をしばたたく。

彼女はタオルケットを頭からかぶり、みのむしみたいに全身ぐるぐる巻きになっていた。表情は少しぼんやりして、脱力しきっている様子だ。

「……だいじょうぶ？　寒気がするの？」

僕が尋ねると、横たわったまま彼女はゆっくりと黒目を僕に向けた。

「そういうわけではありません。体調は問題ないです」

「じゃあ、それは？」

「感慨に浸っていたら、なんだか体に力が入らなくなってしまって……。悠木さんの昨日の言葉が、とてもうれしかったものですから」

「昨日の言葉って……。あぁ、あれ？」

そういえば、感情のメーターが振り切れたみたいなことを彼女は言っていた。

でも、と僕は首をかしげる。そこまで劇的なことを言ったおぼえはない。最初から決まっていた。好きになったのは運命だ。それくらいの普通の内容だったはずだ。

運命、と彼女はつぶやいてつづける。

「その言葉はいろんな意味で、今のわたしに響くんです……。でも、誤解をおそれずに言うなら、たしかにそうなのかもしれないとも感じます」

「ん、凪……？」

「やっぱり、うれしいことだと思いたいので。一生にいちどの恋も、こうしてかなったわけですから」

大げさだな、と僕は内心で苦笑しながら考えた。眠気が抜けずに、彼女はまだ半分まどろんでいるのかもしれない。

「だいじょうぶ。この先もきっと、いろんなことがかなうよ」

「……そうですね」

彼女は切れ長の目を細めて、どこか儚《はかな》く微笑んだ。

「でも、すみません。まだちょっと体に力が入りそうにないです。朝の仕事は悠木さんにお願いしてもかまわないでしょうか？」

「ああ、それはぜんぜんかまわないけど。俺がいなくても平気？」

「ええ。もう少しだけ安静に寝ていれば、回復すると思います」

「そっか。じゃあ、今日はゆっくり寝てなよ」

「ありがとうございます」

お大事にね、と手をひらひら振って僕は彼女の寝室を出た。


それから僕は果樹園に向かうと、今日の分の桃を収穫して、車の荷台に積んだ。てきぱきと選果場に行き、てきぱきと買い取ってもらう。秘境の下り坂を転がってくる巨大な球状の岩から逃げる冒険家のように、てきぱきと仕事を終わらせた。

さて、今日はあとひとつだけやることがある。

「これな……」

僕は荷台に置かれた紙の箱に目をやった。中には白いネットをかけた新鮮な桃が八個つめてある。

出かける寸前、彼女に頼まれたのだ。また直接売ってほしいという連絡があったから配達してほしいと。つまりは前に園長が依頼したことと同じだった。生産者からの直接購入。そこに桃を届ければ、晴れて今日の作業は終わる。早く終わらせて彼女のところにもどりたい。

僕は地図を見ながら、車でその場所に向かった。たちまち建物の数が減っていき、目に映るのは道路と緑ばかりになる。右も左も林ばかりだ。

最初は気にとめなかったけれど、指定された配達先は人里離れた山奥だった。野生の猿でも生息していそうだ。こんなところに人が住めるのだろうか？　なぜ好きこのんで、こんな場所に？　世の中にはいろんな人がいる。

やがて周囲の草木の色から浮いた、赤茶色の家が見えてきた。山小屋のような鋭角的な形の屋根で、さながら森の中のお菓子の家という雰囲気だ。

でも少し離れた駐車場には、ちゃんと車が停めてある。オフロードSUVだ。僕もその隣に駐車して、お菓子の家のドアをこつこつと叩いた。

「ごめんください」

ゆっくりとドアが開き、顔を出したのは二十代後半の痩せた男。僕がぎょっとしたのは、それがあの男だったからだ。

「配達ありがとうございます。またお会いしましたね」

この田舎町に着いた際、バス停で会った黒い服の義手の男だった。

背後にはサマーチュニックを着た、七、八歳くらいの青い目の少女もいる。

束の間、僕は唖然としていたけれど、ふたりは落ち着いていた。どこか奇妙な感じがした。僕が警戒心を高めていると、少女が心持ち首をかしげて尋ねる。

「渇いてる？　のど」

僕はしばらく無言で考えて、結局はうなずいた。

3

五分後。僕はログハウスふうの屋内で木の丸椅子にすわり、アイスコーヒーを飲んでいた。やはりあのまま帰るのは心残りだったからだ。

室内はおそろしく生活感に欠けていた。家具は少なく、登山者が休憩に使うロッジのようだ。そのまま家を売りに出せそうな感じすらある。

黒い服の男は保護者の壁谷《かべたに》。そして少女は希梨《きり》と名乗った。

ふたりは業界では有名な占い師だということだ。依頼を受けると、さまざまな土地に出向いて仕事をこなす。そして最近ひさしぶりに家にもどってきたところなのだと壁谷は語った。むしろこの土地には、いないことのほうが多いらしい。

「占い師」と僕はつぶやく。

正直に言うと、僕は占いを信じたことがないし、信じる予定もない。でも、そんなことを面と向かって告げるのは宣戦布告と同じだろう。僕はべつなことを訊いた。

「知ってたんですか？」

「なにを？」

「俺が今、あの果樹園で働いていること」

この再会は偶然にしてはできすぎている。なにか意図があるのではないか？

壁谷は軽く微笑んで応じた。

「希梨は新鮮な桃がとても好きなんです。急に食べたくなったそうなので、電話帳に載っている広告を調べて、最もよさそうなところに電話をかけてみました」

「つまり？」

「偶然です」

彼は白い歯を見せてそう言った。目が笑っているように感じるのは気のせいだろうか。でも「嘘ですよね」なんて指摘する空気でもなかった。話の流れ的に。

彼の横に目をやると、木製のダイニングテーブルで、希梨は小さく切った桃を行儀よく食べている。さっきから、これでもう三個目だ。好物なのは本当らしい。

僕の視線に気づくと、希梨は満足そうに言った。

「甘くておいしい。これ」

「……そ」

言動は淡泊だけれど、少女の頬はほころんで充実感があふれている。まずいものを食べていて、こうなることはない。とりあえず今はそれに水を差さないでおこう。

僕たち三人は、しばらく桃に関する雑多な会話をした。たわいもない話をとりとめもなく交わす。やがて、ふと話題がとぎれるタイミングがあった。せっかくだと思った僕は、少し核心的な部分をつついてみることにした。

「ところで壁谷さんの占いって、具体的にはどういうものなんですか？」

壁谷は眉を軽く持ちあげる。「どういう、というのはどういう？」

「なんというか、占いにも種類があるでしょう？　手相を見るとかタロットカードを使うとか、いろいろ。それに、そもそも人の未来がわかるのって、すごいことじゃないですか。そのあたりの仕組みにも興味があって」

「仕組みですか」

壁谷はふいに義手の左手に目をやった。指をなめらかに一本ずつ動かして、それから僕に爽やかな白い歯を見せて笑いかける。

「わかりません」

「はい？」

「私は仕事の段取りと、フォローを受け持っているだけ。占いの仕組み自体はよく知らないんですよ。そこはすべて希梨がやっていますから」

「え……。この子が？」

僕が横に顔を向けると、希梨は「そう」と端的にこたえた。

どうやって占うのか簡単に話してあげなさい、と壁谷がうながすと、希梨は「本人にはそれがわからない」と静かに語り出した。

「未来は存在している。その人の頭の中に」

あ、また倒置法か、と僕は思う。『その人の頭の中に未来は存在している』――僕は希梨の言葉を頭の中でそんなふうに並べ替えて、シンプルな疑問を口にした。

「じゃあつまり、この先の運命は最初から決まってるってこと？」

かぶりを振って希梨はこたえた。

「その人の未来はつねにその人がつくりだしてるの。決まっているわけじゃなく」

子供とは思えない思慮深い口調で、希梨は言葉を重ねる。

「見ることができる。わたしはその人のつくった未来の幻を。精神を集中すれば」

まったく。それにしても手間がかかると思いながら、僕はため息をついた。それから希梨の言葉を頭の中で並べ直して、簡単にまとめてみた。

・その人の頭の中に未来は存在している。本人にはそれがわからない。
・決まっているわけではなく、その人の未来はその人がつくりだしている。
・精神を集中すれば、その人のつくった未来の幻を希梨は見ることができる。

なんだかさっぱりわからない。僕が髪を掻《か》きまわしながら考えていると、希梨は「それは勝手に飛びこんできたの。あなたの場合」と言った。

「ん、どういうこと？」

「ときどきすごく波長が合う人がいるの。わたしと」

「……俺？」

こくんと彼女はうなずいた。「ぱっと頭に飛びこんでくる。そういう人のイメージは集中しなくても。完全な不意打ちで」

「うーむ……」

　頭の中で並べ直すのがつくづく面倒くさかったけれど、それでも僕は希梨の言葉を精一杯、きっちりと正しく解釈しようと努力した。

「わかっていただけましたか？」

　僕が無言で考えこんでいたためか、壁谷がそう言って話の穂をつぐ。

「そうですね……。だいたい、いつも一時間ほど集中すれば、希梨は相手の未来を幻として見ることができる。これが占いの仕組みです。未来を見た結果を伝えているのだから、外れる理由がありません。おかげでいつも高額の報酬をいただいています。そしてもうひとつ。ある種の人々の未来の幻は、不意打ちのようにいきなり希梨の中に飛びこんでくるらしい。それは実際のところ、希梨には大きな負担になるのです。だから我々はこうして、人との交わりを避けて暮らしているんですよ」

「なるほど」

　僕は腕組みした。荒唐無稽な話だと言って、あしらうのは簡単なはずだった。

　でも、なぜか今の僕にはそれができずにいる。希梨の話に理屈を超えた、不思議な信憑性《しんぴょうせい》を感じていたからだ。なぜだろう。どうしても嘘とは思えない。

いや、この子はこの子なりに真実を告げたのだ。僕には直感的にそれがわかった。

だとすれば……と僕はこれまでの出来事を思い返す。最初にバス停で会ったときの彼女の発言にも、なにかしらの意味があるはずだった。

『特別に、大事なことを、教えてあげたいの』

希梨はそう言って、謎の言葉を投げかけたのだ。まだちゃんとおぼえていた。

――首都には、もうもどってはだめ。なにが起きても前に進みつづければ、またいつか会える。

まとめると、そんな内容のことを言われたのだった。あのときは初対面だったこともあって真剣には考えなかったけれど、この際、真意を訊いておくべきだろう。

「あれってなんだったの？　前に言ってた、首都にもどるなってやつ」

希梨はこたえた。

「未来が大きく変わってしまうの。それをすると」

「未来が変わる……？」

そう、と希梨はうなずく。「変えてはいけない。大事なことだから」

「なぜ、どんなふうに大事なわけ？」

そして希梨は衝撃的なことを口にする。

「あなたは秘密を知るから。この世界でなぜ人々が消えていくのか」

学生時代の勉強中、意味のわからない問題に出くわしたとき、僕は問題文を繰り返し読んだものだった。最初はわからなかったことが、二度目に読むとわかる。だからというわけではないけれど、僕は希梨に何度も同じ質問をした。信じられないことを受け入れるためには、ときにそんな手続きが必要だ。でも、もう理解した。僕は世界規模で人が消えていく現象の真相を知る――。希梨はそう主張している。

「……たしかに由々しき問題だよね、あれ。このペースでいくと二〇年以内に全人類が消えるなんて一部では言われてるし」

僕はこめかみを押さえて言葉をついだ。

「でも……なんで俺なの？　まだ世界のだれも解明してない大変なことでしょ。ほかに真相を知るべき人は山ほどいる。正直、俺はたいして興味もないんだけど」

「わからない。それはわたしには」

希梨はゆっくりとかぶりを振った。

「ただ、わたしには見えるだけ。あなたの未来の幻が」

あとは知らない、と希梨は言った。まったく、と僕はため息をついた。

これだから占いや予言のたぐいは取り扱いに困る。思わせぶりなことを言うのはいいけれど、受け止め方はあなた次第というふうに、最後はたいてい突き放されてしまうのだ。希梨もそのパターンだった。人は最終的に、自分のことは自分で納得するしかないのだと言って、容赦なく話を打ち切ってしまった。

でも、それはある種の真理かもしれない。ひっそりと心にとどめておこう。

「じゃあ俺、そろそろ……。あまり遅くなると、家で心配する人がいるので」

僕はグラスを置いて立ちあがった。希梨と壁谷は玄関まで見送りに来てくれた。

「では、また」僕は軽く会釈する。

「さようなら、悠木さん」

「ばいばい……」

車に向かって歩きはじめた僕の背中に、ふたりはずっと手を振ってくれていた。なんだろう。まるで世界の果てに旅立つ大型客船でも見送るような雰囲気だ。電話で注文してくれれば、またいつでも来るのに、と僕は思う。

僕が車に乗りこむ寸前、ふいに遠くから希梨が声を張りあげた。

「最後に会えて喜んでいた、園長先生も！」

僕はちょっと意表をつかれた。いや、かなり驚いたと表現してもいい。遠くからでも希梨の声は不思議とよく通り、やまびこのように反響した。

車のドアに手をかけたまま、僕は今の希梨の言葉の意味を考えた。園長先生というのは、あの園長のことだろうか。希梨と彼は面識があったのか……？

もちろんこの狭い田舎町において、それはまったく不自然なことではない。

でも、最後ってどういう意味だ？

なんだか急に変な気分になってきて、僕は遠くにいる希梨に顔を向けた。希梨は少しだけ笑ったように見えた。そして隣の壁谷といっしょに家の中に入ってしまった。

僕はひとつ首をかしげると、車に乗りこんだ。そして、そのまましばらく狭い空間でハンドルをじっと見ていた。

なぜだろう。今は無性に凪の顔が見たかった。

## 4

帰宅したときに迎えてくれる人がいると、理屈抜きに幸福を感じる。それが朝方、寝こんでいた人なら、さらに安堵もふくらむだろう。

「おかえりなさい」

玄関まで来てくれたエプロン姿の凪は、例によって少し無表情だけれど、元気そうだった。休養をとったせいか、いつにも増して肌がきれいに見える。白くて透明感があり、それでいて頬のあたりは血色がよく、チャーミングだ。その場で思いきり抱きしめたくなったけれど、いちおう文明人として「ただいま」と僕は挨拶を返した。

「よかったね。元気になったみたいで」

「はい、おかげさまで落ち着きました。充電完了です」

彼女は細い右腕をぐっと曲げてみせる。僕は気だるく手を打ち合わせて言った。

「んー、すごいすごい。正直者の目にしか見えない力こぶができてるよ」

「それはさておき、悠木さん」

「流すな」

「お風呂にしますか？　お風呂にしますか？　それともお風呂？」

「……選択肢ないじゃん」僕はつい半眼になった。

「悠木さんは、バスタブで膝を抱えているのがお似合いです。なんて言っているわけではありません。じつは、まだ夕食の準備ができていなくて……」

「あぁ、そういうことね。よかったよ。俺、ほんとは凪に憎まれてるのかと思った」

「そんなわけがないじゃないですか。ゆっくり汗を流してきてください」

彼女の厚意がうれしいので、甘えることにした。

僕は浴室に向かうと服を脱いで裸になった。そしてシャワーヘッドに頭を近づけると、両手を浴室の壁につけて、立ったまま激しくシャワーを浴びた。僕はときどきこれをするのだけれど、意味もなくドラマティックな気分になれる。

その後、さっぱりした気分でリビングに顔を出すと、食事の用意ができていた。

「ちょうど準備ができたところです。いっしょに食べましょう、悠木さん」

「ん。サンキュ、凪」

僕はテーブルについた。今夜のメニューは、ひき肉とチーズとレタスとトマトを使ったタコライスだった。

「いただきます」

「召しあがれ」と彼女は抑揚のないきれいな声で言った。

タコライスは味つけが絶妙でおいしかった。ぴりっと辛いサルサが食欲を刺激してスプーンが止まらなくなる。副菜はサーモンとアボカドのカルパッチョに、ホワイトアスパラガスを使った野菜サラダと、クリーミーなかぼちゃのマヨネーズ和《あ》え。

カラフルでヘルシーな献立だ。がんばってつくってくれた感がひしひしと伝わる。

「ん……。ほんとおいしい。凪って料理上手《じょうず》だったんだね。最初の激辛料理のせいですっかり誤解してたよ」

「誤解は解けましたか？」

「解けたよ。十中八九」

「もう一声」

「じゃあ九分九厘」

「そうですか。それはなによりです」

彼女は表情こそ変えなかったが、高揚したみたいに頬はいくぶん赤らんでいた。

いつもながらの冷静な言い回しが面白かったので、僕は意味もなく「そうですか。それはなによりです」と真似して言ってみた。凪は照れくさそうにつぶやく。

「……からかわないでください」

「からかわないでください」

「真似しないでください……」

「真似しないでください」

「悠木さん……わたし、怒ってもいいですか」

「すみません」

和平が結ばれたあとは、またふたりで仲よく食事を再開した。

食後は僕が熱いコーヒーを淹《い》れた。もうすっかり夜だった。ふたりでカップを片手におしゃべりをしていると、やがて今日の仕事に関する話題になる。

僕が壁谷と希梨のことをかいつまんで説明すると、彼女は「占い師ですか」とつぶやき、細いあごをつまんで考えこんだ。

「凪はふたりのこと、知ってるの？」

「いえ、まったく。有名な人なのかもしれませんが、わたしは占いに興味がないので。そんな人がいたんだなと思って、少し驚きました」

「まぁ、興味がないとそんなものだよね」

「でも、たしかに気にはなります。悠木さんのところの園長先生と、その希梨さんたちは、お知り合いなのですか？」

「ん、それがちょっとわからなくてさ」

だから、こんなにも気になっているのかもしれない。『最後に会えて喜んでいた、園長先生も』――希梨のあの言葉は、考えれば考えるほど不思議なものに思えてくる。

希梨はなにを意図して、どんなつもりで僕にそれを告げたのだろう？

些細《ささい》な一言ではあったが、思い返すと、どんどん気になってきた。

「気がかりなのでしたら、直接訊いてみてはどうでしょう。明日、仕事帰りによってみませんか？　園長先生のところに」

「あ、それがいいね」

やはりこういうのは本人にあたるのがいちばんいいことに僕も気づいた。

「ちょっと変な話だし、電話じゃ説明しづらいもんね。凪は賢いな」

「いえ、べつにそんな……」

彼女は面食らったようにぱちぱちとまばたきして、横を向いた。

でもそうなのだ。彼女はいつも僕にさりげなく気づきを与えてくれる。そういう心配りを絶やさない。彼女は僕の人生を、僕の持っていない絵の具でいろどり、新鮮なものにしてくれるのだ。そんなふうに好きな相手のことを尊敬できると、毎日をしあわせに生きられる。恥ずかしいから口には出さないけれど、僕はいつも彼女を好きになってよかったと誇らしく感じているのだ。

自慢したいくらい、だれよりも素敵な僕の彼女――。

ややあって、窓の外を見ていた彼女が、ふとなにかに気づいたように言った。

「ところで悠木さん、今夜はずいぶんたくさんの星が流れているようです」

「うん、星？　急になんの話？」

「星の雨です」

「あぁ！　それって最近話題になってる……」

「この町では、とてもきれいに目視できるんです。いっしょに見ませんか？」

断る理由はなかった。


星の雨というのは、ここ数年のあいだに観測されるようになった、流れ星が立てつづけにあらわれる現象のことだ。

不思議なことに、それは既存の流星群とはまったく関係がないらしい。

流星群というのは、基本的に毎年同じような時期にあらわれる。でも星の雨はちがう。それはいろんな種類の流れ星が、ただ純粋に、たまたま連続して出現しているだけらしい。本来はありえない偶然の産物なのだ。

その流れ星は宇宙をさまよう石のかけらかもしれないし、微細な塵《ちり》が集まったものかもしれない。宇宙開発の過程でばらまかれたデブリや、今も衛星軌道上をただよう人工物の破片かもしれない。天文学の専門家でない僕には判断がつかない。

でも、それらが立てつづけに流れる現象が、なぜか数年前から多発するようになった。そしてこの田舎町では、それが驚くほどよく見える。

「わぁ……」

「今夜は一段とすごいですね」

僕と彼女は向かい合って、二階の広い窓枠に腰かけていた。顔を横に向けると夜空の星が本当によく見える。

群青色を濃く煮つめたような空には、いくつもの光が走っていた。光は白く燃えているようで、意外なくらい大きい。暗い夜空に突然あらわれて弧を描き、まもなく小さくしぼんで消えてしまう。

「ここは特等席だね。こんなにしっかり見えるものなんだ……」

「首都だと、やはり流れ星は見えませんか？」

「たぶんね。向こうにいるときは、そもそも夜空なんか見なかったから」

星の雨を眺めながら、僕は不思議な感覚におそわれていた。初めて見るのにとても懐かしい感じがするのだ。人の魂が運ばれているみたいだ。それくらい心の深いところに通じる、なにか根源的な存在感があった。怖いくらい荘厳で神秘的だった。

僕らはしばらく無言で夜空を眺めていた。尽きることなく星は流れつづけていた。

やがて僕は遠い夜空から、窓枠に腰かけている凪にふと視線を移す。

目と目が合った。

しばらく前から彼女も僕を見ていたらしい。

「凪……」

僕が声をかけると、彼女はそっと瞼を閉じた。

僕は彼女に身をよせて、頬にやさしく両手でふれながら唇を重ねた。やわらかな唇が僕をしっとり包んでくれた。とても気持ちがいい。最初のときとはニュアンスが少しちがって、より深く受け入れられている感覚があった。存在を許されているし、許している。それによって僕らはおたがいのことが心から好きなのだと強く再認識した。

そしてその感情は、今後もさらに深まっていくのだろう。

凪、きみは本当にすごい、と僕は思う。だってきみは、僕の心をこんなにも素敵な幸福感でくるみ、解放してくれるのだから。

僕と彼女はそのまま唇を重ねた状態で、おたがいの体温と胸の鼓動を伝え合った。星が降りしきる夜空の下で、宇宙よりも濃密に彼女の存在を感じたいと思った。

もっと、本当のきみを——。

ところがふいに予想もしないことが起きた。ヘリコプターのような低い音がして、窓から黒いものが飛びこんできたのだ。

「ええっ？」

飛来したのはカブトムシだった。それも見たことがないくらい巨大なやつだ。うなるような羽音を立てて、カブトムシは天井の照明器具に体当たりを繰り返している。

「大きいですね……」彼女が少しぽかんとした顔で言った。

「あぁ、大きい」

「流れ星を見ているうちに興奮して、飛んでみたくなったんでしょうか」

「俺に訊かないでよ……」

本音を言うと僕は舌打ちしたかった。せっかくの雰囲気が台無しじゃないか。急に苦笑いが充満する空間になってしまった。

「悠木さん、あのカブトムシさんを捕まえられますか？　怪我をさせずに逃がしてあげたいんですけど」

「……ま、やってみるよ」

きみが望むなら、と僕は心の中でつぶやく。

それから僕は試行錯誤を繰り返した。虫取り網がなかったから、最終的には素手で飛びかかっていった。手こずった。巨体に似合わず、よく飛ぶカブトムシなのだ。飛行中のカブトムシを素手で捕まえるのは簡単なことではない。

でも僕はやり遂げた。怪我をさせることなく、可能な限りデリケートに。

「命拾いしましたね、カブトムシさん」

「……二度と来るんじゃないよ、虫けら」

僕らは元気すぎるカブトムシを窓から外に逃がした。

いろんな意味で濃密な夜だったけれど、後味はまずまず悪くなかった。

5

翌日の午前中、いつもの仕事を終えてから、彼女と車であしか園に向かった。園長と軽く世間話でもして、とくに問題がなさそうなら長居せずに帰るつもりだった。

でも結果的にそうはならなかった。僕は虚をつかれて、その場に立ちすくんだ。

「だいじょうぶですか、悠木さん」

「……あぁ、ごめん。なんだか急に空気が薄くなったような感じがして」

僕はゆっくりと深呼吸する。

あしか園はすでに閉まっていた。そこは完全にからっぽの空間だった。人の気配というものがまったくない。施設として冷たく空虚に死んでいる。

——突然ではございますが、都合により、閉園することになりました。

正面のドアに貼られた、そんな閉園のお知らせを読みながら、僕はこめかみを指で押さえた。まさかこんなに早急に閉めるなんて思わなかった。

なんだか胸さわぎがしてきたので、僕は園長の住まいへ向かった。ここから歩いてすぐに行ける距離に、切妻屋根の古い一軒家がある。園長はそこから徒歩で職場に通っていたのだ。

でも、そこにも園長はいなかった。それどころか黄色いショベルカーが無骨な動作を繰り返し、家屋の全面的な取り壊し工事が始まっていた。

「なにこれ……。どうなってんの」

我に返った僕は、ヘルメットをかぶった作業員の男に駆けよった。この家に住んでいた人はどうなったのか、今いる場所を教えてほしいと頼んだ。

「ちょっとわかりません。自分たちは上の指示で動いているだけですから」

まったく感情が読めない顔つきで彼は言う。

僕はその後も問い詰めたけれど、知らないの一点張りで埒《らち》が明かない。

　こうしていても仕方なかった。僕はあしか園の関係者に片っ端から電話した。でも園長の行方に心当たりがある者は、ただのひとりもいなかった。皆無だ。そして代わりに、それとは直接関係のない意外な事実があきらかになる。

　僕が電話をかけた相手の中には、行方がわからなくなっている者や、電話そのものが通じなくなっている相手が驚くほど大勢いた。

　なぜだろう？

　僕の知り合いは事実として、どんどんいなくなっている。

　理由はわからない。僕の常識では見当もつかない。まさか消えてしまったとでもいうのか。いや、じつは本当にそうなのだろうか？

　もしかすると園長も、例の消失現象に巻きこまれてしまったのか？

「……馬鹿な」

　僕はその場にしばらく立ち尽くしていた。彼女が数歩さがった場所から、心配そうに僕の背中を見つめているのが気配でわかる。

　僕は振り返った。

「ねぇ凪。悪いけど、少しつきあってくれる？」

「もちろんかまいません。壁谷さんと希梨さんのところに行くんですよね？」

「さすが、察しがいい」

——最後に会えて喜んでいた、園長先生も。

希梨のあの言葉が、今になって頭の中でこだまする。仮に園長が行方知れずになることを、占い師の希梨たちが予見していたのだとしたら——。

僕と彼女は車を飛ばして、あの森の中のお菓子の家を思わせる場所に向かった。

到着した駐車場に、オフロードSUVは見当たらなかった。

車を降り、家屋に近づくにつれて、僕の顔は緊張で硬くこわばっていく。

入口のそばには『売家』と書かれた、大きな看板が立てられていた。

彼女が心配そうに声をかけてくる。

「悠木さん……」

「だいじょうぶ。心配ないよ」

なにがだいじょうぶで、なにが心配ないのか、自分でもわからないままに僕はドアに手をかけた。鍵はかかっていなかった。そして僕は屋内に足を踏み入れて、さすがにこれはもう、ありのままの事実を認めるしかないと悟った。

ログハウスふうの屋内は、もぬけの殻だった。

人が引っ越したあとの部屋みたいに、すべての家具が処分されていて、本当になにもない。壁谷と希梨はもう二度とここには帰ってこないのだ。その事実が荒涼とした光景として、僕の心にはっきりと染みこんできた。

彼らは消えてしまったのだ。おそらくは、この世界から永遠に。

そして、自分たちがそうなることを、彼らはじつは知っていたのではないか？

常識で考えればありえない話だけれど、今の僕にはそうとしか思えない。彼らの奇妙な態度は自らの行く末を知っていたから——。そう考えると、いろんなことにつじつまが合うのだ。仮説としては穴だらけでも、それしかないと確信できた。

園長も壁谷も希梨も、まもなくこの世界から消えることを知っていた。だからこそ身辺整理に抜かりがなく、もう決して僕の前にはあらわれないのだろう。

「ねぇ、凪」

「なんですか」

「みんなさぁ……。どこに行っちゃったんだろう」

「……わかりません」ちょっと変な声で彼女は言った。

僕は胸の中でふたたび問いかける。

みんな、どこに行ってしまったんだ？

どこか切ない胸の痛みに誘発されて、とりとめもなく思考が走り出す。

振り返れば、昔は僕のまわりにもいろんな人がいたものだ。幼少期、小学生のころ、中学時代、高校時代……。いろんな人がいて、いろんな交差点に行き当たり、それぞれの方面に進んでいった。

みんな今はどこにいるのだろう？　どんな人間になっているんだろうか？

今はもう連絡する方法もない、縁の切れてしまった知人たち。きっとだれもがそんな人々の思い出を心に抱えているはずだ。人が生きるとはそういうことだ。ある意味、記憶の中に去りゆく後ろ姿が増えていくことを人生と呼ぶのかもしれない。

彼らとは、彼女たちとは、もう二度と会えないのだろうか。僕のこの人生からは、永遠に失われてしまったのか？

だとすれば、それらと世界規模で起きている謎の消失現象とのあいだには、じつはあまり差はないのかもしれないな、と僕はぼんやり考えた。

もちろん、ただぼんやりと考えただけだ。客観的に考えれば、まったく次元のちがう話ではある。でも、人の日常的な感覚に働きかけるものとしては、若干ふるまいが似てはいないだろうか。

だってもう二度と会えないのだから。近況を知る方法もないのだから。

突きつめれば、それは「死」にも似ているのではないか……？

少し頭痛がしてきた。自分がいくぶん神経質になっていることを僕は自覚する。

ふいに凪がつぶやくように言った。

「事故とか病気とか、要因はいろいろありますけど、昔から人はいつ失われてしまうかわからない、儚い存在だと思います」

「ん。かもしれない」

「だとすれば……悠木さんはどうしますか？」

その問いに僕はこたえなかった。言うまでもないことだと思ったからだ。

僕はただ、無言で彼女に手のひらを差しのべた。彼女も無言で僕の手を握った。そしておたがいに指をしっとりと絡め合った。

降り注ぐ夏の日差しも青空も、非現実的なくらい明るい。こんな理性的な光の下で、世界に異様なことが起きているなんて、なんだか信じられない。

でも、それは日常のすぐ隣に、ひっそりとたしかにある現実なのだ。この世界における僕らは、長い年月をかけて徐々にいなくなりつつある。

でも、だからこそ、今ここにいるかけがえのない人を大切にしたい。

澄んだ青空の下、僕たちは手を強く握って、駐車場へと歩き出した。

――なにも知らないでいられる時間の終わりは近づいていた。僕が〝使者〟と出会うのは、それから三日後のことだ。

# 第三章　僕らはどんな終末を迎えるのだろう？

# 1

その日、いつものように仕事を終えた僕らは、車で家にもどってきた。助手席から外に出てまわりこんできた彼女に、僕は車の窓を開けて告げる。

「じゃあ行ってくる。なにかあったら連絡して」

「了解しました」

「そんなに遅くはならないから。昼すぎには帰るよ」

僕は彼女にそう言うと、車を出発させた。

今日も世界は夏の光であふれ、頭上には抜けるような青空と白い入道雲がある。もういい加減、飽きないか？　そう言いたくなるくらい連日この天気だ。

あれから三日がすぎた。

園長と壁谷と希梨がいなくなっているのを知った僕は、次の日に警察へ行った。おそらく彼らはこの世界から消えてしまったのだろう。直感的にはそう確信していたけれど、裏づけがないのも事実。捜索願を出せば警察が捜してくれるのではないかと考えたのだ。

でも、だめだった。民事不介入とかで、それは基本的に親族しか出せないらしい。たしかに壁谷や希梨などには会ったばかりで、じつはほとんど他人と同じだ。どうしても気になるなら興信所に依頼したほうがいいと、真顔で助言されてしまった。

そうしたほうがいいのだろうか？

いや、まだ早い。人任せにする前に、もう少し自分で捜してみようと僕は思った。だから最近は仕事のあと、町のあちこちに出向いて聞きこみをしている。

でも今のところ成果はなかった。やはりプロでなくては無理なのだろうか。

そんなことを思いながら車を走らせていると、やがて森の中のお菓子の家が見えてきた。壁谷と希梨の家だ。

先日行った際、すでに屋内にはなにもなかった。でも見落としがないとは言えない。もういちど、じっくり落ち着いて調べてみたいと考えたのだった。

駐車場に車を停めて僕は外に出た。夏の熱気がむっと肌を打つ。当たり前だが、夏は暑い。でも当たり前のことを考えた次の瞬間、僕は凍りついていた。一瞬で、ぞっと全身に鳥肌が立っている。

なんだ……？

左右を見回しても異常はなかった。灰色の駐車場には、僕が乗ってきた車一台しかない。遠くに目を凝らしてもだれもいない。でもなにか変だ。なにかがおかしい。人里離れただれもいない山奥で、僕は全身に冷や汗をかいていた。なぜかはわからないけれど、気をつけろと頭の中でけたたましく警告音が鳴り響いていた。

直後に、ぎょっとした。

僕の目の前に人がいる。

嘘だろ、と僕は思った。

だって、ほんの一瞬前までだれもいなかった場所に、いきなり立っている者がいるのだ。常軌を逸した、信じられない体験だった。あきらかに普通じゃない。僕が驚くよりも早く、音よりも光よりも早く、そいつはいつのまにか存在していたのだ。

そして遅れてやってきた驚愕が、氷の剣山のように僕の全身を貫く。

僕は総毛立った。ぞっとして反射的に叫びそうになった。でも、なぜか口から音声は出ない。なんだこれは。僕は頭がおかしくなったのか。無音で絶叫しながら、僕は両目を見開いてそいつを凝視した。

そいつは憎らしいくらい、すました顔をしていた。優雅に微笑んで口を開く。

「はじめまして、悠木くん！　ぼくはきみのために派遣された、果ての使者だよ。これからよろしく」

瓜二つ《うりふた》というレベルではなかった。その青年は、僕とまったく同じ姿をしていた。

## 2

世の中には、自分にそっくりな人が三人はいるという話を聞いたことがある。

でもたぶん、世界じゅうをくまなく捜せばもっといるのだろう。

人の外見のベースは遺伝情報で決まる。その組み合わせのパターンは無限に近いけれど、見た目が似ているという程度の一致なら、珍しくはない。壁に向かって投げたボールがコンクリートをすり抜ける確率よりは、ずっとありふれている。

現代の科学技術を用いた鑑定でも、まったく同じＤＮＡ型の他人が存在する確率は理論上、ゼロではないそうだ。ゼロではないなら、いるかもしれない。今、僕の目の前にいるのは、そういう種類の人物なのかもしれない。

でも、僕の心を読み取ったかのように、そいつは先んじた。

「つまりは偶然の一致……ね。本気でそう思ってる？」

「えっ」

「そりゃさ。たしかに人を構成する物質は決まってる。遺伝情報も無限に近い組み合わせがあるとはいえ、まぁ一致することが絶対にないとは言えない。でも、その理屈を持ち出したら、この宇宙にだって当てはまるんじゃないのかな？　星を構成する元素は決まってるんだ。この星とまったく同じ星が存在する確率だって、理論上はゼロじゃない」

なにが言いたいのかよくわからなかった。

「……だから？」僕は訊いた。

「可能性は、ゼロじゃないってことだよ」

宇宙という無限の立場からすればなんでも起こり得るんだ、とそいつは言った。

「まぁ、人間には認識できないくらい小さな確率ではあるけどね。ぼくがほかの星から来たきみである可能性だってないわけじゃない。だけどさ……そんなレアケースを考慮に入れることに、果たして意味はあるんだろうか」

「はぁ？　だから、どういう意味」

「偶然だって言い張れば、なんでも偶然だって言えちゃうってことだよ。まずは現実に目を向けよう。ぼくが今、たしかにここにいるという事実を認めなきゃ」

それはある意味では、そのとおりかもしれない。僕はゆっくりと吐息をついた。

そう、最初はたしかに度肝を抜かれた。でも、こいつはいちおう理屈が通じる存在ではあるらしい。そう思うと気分がやや落ち着いてくる。僕は舌打ちして尋ねた。

「……じゃあ、俺と同じまったく姿をしたおまえはいったい何者なわけ？」

「やだな。もう名乗ったじゃないか」

そいつは優雅な口調で言った。

「果ての使者。ぼくは人間とかそういう生き物のくくりとは、まったくちがうところから来たんだよ。きみのために……そう、きみを導くためにね」

とても濃厚な沈黙が流れた。

いったん受け入れるんだと僕は自分に言い聞かせた。ともかく、今はいったん受け入れるしかない。突然あらわれた、僕とまったく同じ姿をしている謎の存在を——。

「果ての使者」僕は声に出して言った。

「使者でいいよ。ねぇ、もっと馴《な》れ馴《な》れしく言ってみて？」

「……使者」

「うん、いい感じ」

「うるさいよ。そんなことしてる場合か。それでおまえの目的は？　俺になにをしたいわけ？」

せっかちだなぁ、と言って彼は両手をひろげた。

「ぼくの目的は、きみの終わりを世話すること。ターミナルケアって言葉、わかるかい？　簡単に言うと、終末期の患者を看護することなんだけど、だいたい似たようなものだね。なだめたり、話を聞いたりして、きみの精神的な支えになりたいんだ」

「……いや、本気でわけがわからないんだけど」

「まぁ、普通はそう思うよね。だから最初に大事なことを伝えよう」

そして使者はさらりと言った。


「今からちょうど一年後に、きみはこの世から消えてなくなります」


一瞬、なにを言われたのかわからなかった。

「……は？」

唖然としている僕の前で、使者は前髪をかきあげて言った。

「今さ、人が突然いなくなる現象、世界じゅうで起きてるでしょ？　あれは、ぼくらがやってるんだ。ぼくらというか……まぁ主導してるのは神様で、ぼくらは使いっ走りみたいなものなんだけど」

使いっ走りだから使者、と彼は微笑んで言った。

「ついでに、果ての使者の『果て』というのは終わりって意味だよ。まぁ、その名のとおり、ぼくらは終末から来て、終末にきみを連れていく存在なわけ」

愛嬌のある目くばせをして彼はつづけた。

「いくら神様が決めたことでも、突然この世から消えるのはやっぱり不本意だろうからね。ちょうど消える一年前……三六五日前になったら、それぞれ専用の使者がつかわされるんだ。まぁ準備期間みたいなものだよ、この一年というのは。助かる見こみのない患者が医師に告げられる、余命みたいなものだと思えばいい」

そして「要点を整理しよう」と言い、彼は明るく言葉を並べ立てた。

一・現在、世界じゅうで人間が消えているのは、神と使者の手によるものである。
二・消える対象は、完全な偶然によって選ばれる。
三・消える日の三六五日前になると、終末期のケアのために使者が派遣される。使者はその人専用であり、その人と同じ姿をしていて、その人にしか認識できない。

「というわけだよ、悠木くん。一年間におよぶ、ぼくらのケアがあるからこそ、消えちゃう人にも心構えができるわけ。立つ鳥跡をにごさず。みんながきれいに身辺整理を済ませていくのはそういう理由さ。いわゆる〝終活〟。やがて来る終わりのために自分を見つめる時間が与えられるんだ」

使者はそこまで語り終えると、僕の理解が追いつくのを待つように口を閉じた。

いつのまにか、体が震えていることに僕は気がついた。恐怖は感じていないつもりだったが、気づけば動悸《どうき》も激しい。怒り？　困惑？　悲しみ？　驚き？　自分の感情のありようがわからなかった。すべてが均等に混ざっているのかもしれない。

なにそれ。

なんだよ、それ？

声にならない声で僕はつぶやく。

一年後にこの世から消えるというのは、余命宣告と同じだろう。自分が死ぬ日を告げられたことと同じじゃないか。いろんな意味で理不尽だった。そもそも余命というのは、こんなにも明るい青空の下で、簡単に告知していいものじゃない。

真に受けている、と僕は自分の心を見つめながら思った。でも真に受けざるを得ないのだ。なぜかはわからないけれど、彼の言ったことが真実だと僕にはわかる。魂がそのことを知っていた。彼の態度はまちがっているが、言っていることにはまちがいがない。だからこそ僕の動揺には拍車がかかっている。

僕はゆっくりと深呼吸して、ほんの少し心を静めてから言った。

「じゃあ俺は……あとたった一年しか生きられないわけ？」

「そのとおり。飲みこみが早くて助かるよ」

うなずく彼を見ながら「そうでもない」と僕は言った。決してそんなことはない。できれば信じたくない。嘘だと言ってほしい。口の中がからからで、すごく喉が渇いていた。冷たいオレンジジュースを思いきり飲みたかった。そうやって暑気を払うように、この悪夢そのものを追い払いたい。

でもだめだ。そいつが目の前にいるのは、まぎれもない現実なのだ。

「ご心配なく。消える瞬間は、痛みも苦しみもいっさい感じないから。瞼を閉じると風景が見えなくなるのと同じように、ほんの一瞬だから怖がることはないよ」

「そんなことは聞いてない」

僕は低い声でうめいた。「……わからないんだ」

「なにが？」

「おまえの言うことが事実だとして……なんでそんなことを？　どうしてだよ。神様は人間が憎いのか？　この世界から根こそぎ消し去りたいってこと？」

「やだな。そんなわけがないじゃないか」

彼は少し気の毒そうな目をした。

「神様はいつだって、人間のことをいちばん大切だと思ってる。それはたしかだよ。でも……わけは言えない。ぼくはあくまでも使者で、神様の意思は神様本人のものなんだ。それを打ち明ける許可を、今のぼくは与えられていないんだよ」

「ふざけてる？」

「いや、まったく」

彼はかぶりを振った。

「ちなみに自然環境の問題とか、紛争とかテロとか、そういう理由でもない。もっとずっと大きな動機さ。でも悪いけど、神様の意思のありようについては語れないんだ。それはぼくらの存在の根幹にかかわるルールだからね。悪いけど、あきらめて」

「ルール……」

「そう。いずれにしても、きみが消える理由は、きみが消えるときにわかるよ。最後の日に必ずね。百聞は一見にしかずってよく言うでしょ？　自分で体験して理解するしかないんだよ。死んだら自分がどうなるかなんて、他人に訊いたって無意味だ」

そして彼は「はい、神様に関する質問はこれでおしまい」と言うと、自分の唇に指を当ててファスナーを閉めるように横に動かした。口は隙間なく閉ざされた。

神、と僕は小さな声でつぶやく。そしてとりとめもなく考えた。

神って……なんだろう？

そういった存在を、今まで感じたことも信じたこともなかった。神というのはごくシンプルに、古代人が自然現象を象徴的にあらわしたもの。あるいは人が自分の心を高めるために仮想的につくりあげた概念装置だと思っていた。

人間の理性ではとらえることのできない巨大な存在がいつも自分たちを見ていると意識すれば、善いことをしようという気にもなるし、悪事も働きにくくなる。そんなふうに自分の中で自分を監視する、もうひとつの視点が神なのだと考えていた。

でも実際のところ、僕の認識は的外れだったらしい。神というのは、僕らの思考がおよぶ相手ではなかった。ひとかけらの意思も疎通できない。人間の論理を超えた、ものすごく悪夢的で対話の余地がない、理解不能の存在のようだった。

いや、それは本当に神なのだろうか？　客観的に考えると、それは俗に悪魔と呼ばれる存在ではないのか。

「やだな。悪魔なら使者をつかわして、わざわざターミナルケアなんかしないよ。悪魔がするのは、たとえばこういうこと」

背筋が冷えた。使者は完全に僕の心を読んでいる。ゆっくりとこちらに近づいてくる彼に、僕は少しあせって訊いた。

「な、なんだよ。こういうことってどういうことだ？」

「じっとしてて」

彼はにっこり笑って距離をつめてきた。ひんやりした吐息が顔にかかるほど、近くまで来る。そして実際に鼻と鼻がふれあった——そう思った瞬間、僕はぞっとした。

「……えっ！」

ふれあうことなく重なり合った。体と体がぶつからない。二重になったイメージみたいに、ぶれて、分かれて、また一歩ずつ離れていく。

すり抜けた——。呆然としながら僕は振り返った。モデルが新しい服を着てデモンストレーションするような足どりで、彼は僕の車に向かっている。

そして、ロックされているはずの運転席のドアを無造作に開けると、彼は車内からコンビニのレジ袋を取り出した。いちおう言っておくけれど、僕はそんなものを持ってきてはいない。彼は本来そこにはないはずのコンビニの袋を取り出したのだ。

彼は袋から缶ビールを出して、こちらに掲げてみせた。きんきんに冷えているらしく、アルミ缶に浮かんだ大量の細かい汗は、なかば白く凍りついている。

「悪魔がするのは、たとえばこういうことだよ」

彼はまた同じことを言った。そして明るく微笑んでつづける。

「とりあえず飲もう。きみ、喉がからからでしょ？　おごるよ。深刻な話は、渇きを癒やしたあとでもいいじゃないか」

缶ビールは限界まで冷えているようだった。のどが小さく鳴った。

「あ、ビールの代金は、ちゃんときみの財布からいただいておいたから」

「……それはおごりとは言わない」

夏の光と青空は、気が変になりそうなくらい明るかった。

3

たとえ信じられないことでも事実は事実として受け入れる。それが終末を前向きに生きるための第一歩だよ、と使者は流れるように語りつづけていた。

僕は適当な相槌《あいづち》を打ちながら、彼の横でビールを飲んでいる。なかば自暴自棄で。

僕らは今、かつて壁谷と希梨が住んでいたログハウスふうの家の中にいた。住人が消えたあとの空虚な部屋で、同じ姿の人間同士がビールを片手に話をしている……。

客観的に見ると、今の光景はすごく奇妙なのだろう。いや、使者は僕以外の人間には見えないのだったか？　たしかそう言っていた気がする。だとしたら、第三者には僕ひとりが虚空に話しかけながら、酩酊《めいてい》しているように見えるわけだ。それはかなりの危険人物だ。

「いやぁ、正確には少しちがうね」

使者が人さし指を横に振った。「少しじゃないな。かなりちがう」

「……人の心を読むなよ」

自動的にわかるだけさ、と使者は目くばせしてつづけた。

「たしかにぼくは、きみ以外の人には認識されない。でも、そのときのぼくって、どこからどこまでを指すんだろう？」

「はぁ？　急になにを言い出すわけ」

「つまりね。ぼくがきみと話してるとき、ぼくという存在には、きみが多かれ少なかれ含まれている。ぼくがだれかと話してるときは、話してる相手も合わせて総合的にぼくなんだ。だから、まとめてスキップされるよ。まるごと認識されなくなる」

「ん……。おまえと話してるときは、俺も第三者に知覚されなくなるのか？」

「というより、違和感を持たれること自体がなくなるんだ。道端の石ころみたいに、そこにあっても気にならない存在になる。だから安心してしゃべっていい」

「……うまくできてるんだな」

世界規模で起きているのに、消失現象の原因がいまだに不明なのも当然だった。どこでなにをしていても、使者の明確な存在につながるすべてのことは、神の力で人の意識からシャットアウトされる。手がかりも違和感も、きれいに取りのぞかれてしまう。知覚されなければ考えることもできない。

それが神の定めたルールであり、現代科学を超える絶対的な摂理なんだ、と使者はとろけるチーズのようにやわらかな口調で言った。

どうかしている、としか言いようがなかった。

でも、使者と会話を重ねるうちに、混乱の極みにあった僕の感情は少しずつ整理されていった。

今から一年後に、僕はこの世から消えてしまう。

言いかえれば死ぬ。

それなのに、なぜだろう？　不思議なくらい心は凪《な》いでいた。悲嘆に暮れて泣き叫んでもおかしくないはずなのに、一滴の涙もこぼれない。

ショックで心が麻痺《まひ》しているわけではなかった。アルコールの効果で気分はリラックスしている。素直に、フラットに現実を受け止めている。とても悲しいことだと思うし、頭でもそう考えている。だって一年後には死ぬのだから。

でも、その上で「死って案外この程度のことなんだな」と僕は思うことができていた。意外とたいしたことじゃないんだな、と本音で感じることができている。

決して生きるのがいやだと主張しているわけではない。できれば死にたくないとは当然ながら思う。でもそれ以上に、運命として決まってしまったものなら仕方ないという、不思議に明るいあきらめが心身を満たしていた。人知を越えた現象を多々見せられて、抵抗しても無駄だと僕の本能が悟ってしまったのかもしれない。そのあたりの心の仕組みについてはよくわからない。

幼いころは「死」という概念が、なによりもこわかったのに——。

でも、大人になると案外、だれでもこんな感じなのかもしれなかった。

ただ、唯一どうしても消化できないのは、彼女のことだった。

凪に会えなくなるのは絶対的に悲しい。それだけはどうしようもなく無念だ。一年後に訪れる彼女との別れを想像すると、今この瞬間にも胸が破れそうになる。

自分の死についてはある意味、もうどうでもいい。でも彼女を悲しませることだけは心底したくない。

本当に、このことを彼女になんて説明すればいいんだろう……。

しばらく考えたけれど、いい案は浮かばなかった。そんなことより今すぐ彼女を抱きしめたい。おたがいの存在を心の隅々まで感じたいと思う。

でも……それをしてもいいのだろうか？

悲しいことに、僕はまだ理性を失ってはいなかった。だから躊躇《ちゅうちょ》せざるを得ない。

そう、僕は一年後には彼女の前から消えてしまう人間だ。そのことを知っている僕が、そのことを知らない彼女と親交を深めるのは、果たして許される行為なのか？

死を宣告されたからこそ、もっと彼女と強く結ばれたい気持ちがある。でも親密になればなるほど、別れの悲しみは増すだろう。場合によっては、取り返しのつかない悲嘆を育てることになる。

それを知って、なおも愛情を深めようとするのは、真に愛のある行為と言えるのか？ただのエゴイズムの発露ではないか？　愛することは多かれ少なかれ、相手を傷つけることでもある——そういうのは本当に愛する人には決して言えない言葉だ。

僕にとって彼女はこの世でいちばん大切な人。だからこそ、もう近づいてはいけないのだと思う。だって死ぬ側よりも残される側のほうが圧倒的につらいのだから。

「……喜劇だね、まるで」僕は自嘲的につぶやいた。

「混乱しているみたいだね」

使者はそう言って、気の毒そうに眉尻を下げる。

「でも、今のきみの状態は決しておかしなものじゃないんだよ。一年という期間は、やっぱり長いからね。最初はみんな実感がわかなくて、気持ちを扱いかねる。だから自分を棚上げにして、大事なだれかのことばかり考えるんだ。心のやさしい人はとくにそうだよ。親なら子供のこと、彼氏なら彼女のこと……」

使者は、ひとつ吐息をついてつづけた。

「ただ、たいてい残り三ヶ月をすぎたあたりから、そわそわし始める。感情を爆発させて大泣きする人もいれば、無気力になっちゃう人もいる。そのあたりは多様だよ。残り七日くらいになると本当に、人によってまるでちがう反応をする。だからこそ興味深いんだ。ねぇ悠木くん、きみはいったいどんなふうになるんだろう？」

僕はしばらく無言で考えてみた。でも今は、さすがに想像もつかなかった。

「とはいえ」使者は軽く片手をひろげた。「最後の数日になると、だれもが安らかに運命を受け入れる」

「……そうなのか？」

「うん。不思議なことにみんなそうなんだ。きみのところの園長先生も、壁谷さんも希梨ちゃんも同じ。最後はおだやかに、この世界に感謝して消えていったよ」

「あ。やっぱり……」

みんな、そうだったのかと僕は思った。

彼らのことについて僕が尋ねると、使者は愛想よくうなずいてみせる。神に関する質問にはこたえられなくても、ほかのことは問題ないらしい。

彼らが消えるときの様子を使者は過不足なく教えてくれた。そういうわけだったのかと僕は感慨深く思った。園長も壁谷も希梨も、僕が会ったときにはすでに消失を宣告された状態だったのだ。

結果論になるけれど、思い返せば兆候はあった気がする。僕にはただ、それが認識できなかっただけなのだ。そして——これが最も重要なことだけれど——彼らは円満に消えていった。決して嘆き悲しみ、絶望的に人生を終えたわけではなかったのだ。

よかった、と僕は瞼を閉じて胸の中の彼らに思いを馳《は》せた。遠い夢を見るように。

やがて使者が小さく指を鳴らす。

「そうそう、忘れてた。ねぇ悠木くん、ちょっと自分の手を見てくれない？」

「急になんなの、わざとらしい。……わっ！」

僕は驚いた。いつのまにか右の手首に、不思議な物体がはめられていた。

腕時計に似たものだった。文字板の部分もベルトも妙にやわらかい。無機物なのか有機物なのかも不明だが、とにかく軽かった。肌につけている感覚すらない。デザインは黒一色で、これ以上なくシンプルだ。

そして文字板には「365」という数字だけが、デジタル式で表示されていた。

「使者つきの状態になった人は、みんなこれをつける決まりなんだ。いずれ訪れるその日を意識するために」

つまりは残り日数計か、と僕は無表情で考えた。

「……カウントダウンってわけ？　これも神様とやらの贈りもの？」

「普通の人には見えないから安心していいよ」

「俺が安心することじゃない。完全にそっちの都合だよ」

僕はしばらくのあいだ手首のそれをまじまじと眺めて、その後ため息をついた。

まあ今さらこんな小さなことを気にしても仕方ない。どのみち普通の日常にはもうもどれないのだから。

僕はビールをひとくち飲んだ。苦みのある泡が舌の上で弾けて、喉を冷たく潤す。その後も飲まずにいられなかった。遠慮せずにどんどん飲んで、と使者が言うので、遠慮せずにどんどん飲んだ。そうこうしているうちに、いつのまにか寝てしまった。強烈な眠気におそわれて、とても抵抗できなかったのだ。

深く熟睡したらしい。気づいたときには外が薄明るくなっている。

「ん……。ずいぶん寝たな」

後頭部をかきながら窓辺に近づくと、今まさに夜が明けるところだった。朝の太陽が山の向こうから微かに顔をのぞかせようとしている。昨日の昼すぎから飲みはじめて、翌日の早朝まで眠ってしまっていたらしい。

なにもかも夢だったらよかったのに、と僕は思った。でも現実だった。空き家の床では、まだ僕と同じ姿をした使者が気持ちよさそうに眠っていた。

僕は右手の残り日数計に目をやった。

前日「３６５」だった表示板の数字は、しっかり「３６４」に減っていた。

長く、深いため息が出た。

僕は使者をその場に放置して、速やかに空き家を出た。そして車に乗ると、だれもいない夜明けの道路を虚無的に走らせた。

雨になるのだろうか、流れる雲が黒ずんでいる。なにか時間にゆっくりと追い立てられるような、奇妙な圧迫感が胸にあった。いろんなことを考えなければいけない。残りの数字が明確にひとつ減ったのを見て、静かなあせりが掻き立てられていた。

でも、まだ投げやりな気持ちにはなりたくないし、なるわけにはいかない。

まずは帰って凪に会おう。そして今後のことを落ち着いて考えるんだ。この状況でなにが最善なのか。どうすれば大切な人をしあわせにできるのか。

彼女の顔を見れば、きっとまた前向きな気分がわくはず――。

願うようにそう考えながら、僕は家に帰った。

## 4

彼女の顔を見れば、きっとまた前向きな気分がわくはず――。僕がそう考えたのはつい先ほどのことだ。

でも現実はどうだろう？

帰宅して、玄関のドアを開けたところで僕は青ざめて硬直している。車の音を聞いて出迎えに来てくれた彼女も、「おかえりなさ……」のあとの「い」が出ない。

それほどの驚きが、空間を隙間なく満たしていた。

僕の目の前に、彼女はふたりいた。

玄関のドアを開けた途端に出くわしたのだ。そして今も、廊下に同じ姿の凪が二名いて、ならんで僕を見ている。なにかを察したような顔で凍りついて。

じつは彼女にはよく似た姉か妹がいて――という話ではない。見た目が完璧に同一なのだ。長い黒髪に、形のいい切れ長の目。無表情だが、顔のつくりは端整でやさしく、ふたりとも同じ白のワンピースを着ている。

そんなに素敵な女の子が、この世界にふたりも存在するわけがない。

よく見ると、一方の彼女の右手には黒い腕時計のようなものがあった。それが僕の手にはめられている物体と同じだと気づいた瞬間、すべての疑問は氷解した。

残り日数計だ。

手首にそれをつけているほうの彼女がふいに言った。

「悠木さん。もしかして……見えてます？」

やはり、と僕は震撼《しんかん》しながら「見えてる」とうなずいた。

――やはり彼女には使者がついていたのだ。

僕は思う。凪と再会してから、せいぜいまだ二週間程度。そのあいだに、彼女が昨夜の僕のように真っ暗になったり、泥酔するようなことはなかった。だからたぶん、僕と同居する前から――。そう、彼女についている使者が、僕にはただ見えなかっただけだったのだろう。

使者は最初から、すぐ近くにいたのだ。

凪は僕の手首の残り日数計を、ものすごい目で凝視していた。視線が一点に集まり、熱を帯びて発火しそうだった。つまるところ、彼女も今の僕の身の上をはっきりと理解したのだ。同じように僕も使者つきの状態になったという事実を。

なぜだろう。僕は思わず叫んでいる。

「凪！」

その瞬間、残り日数計をつけていないほうの彼女が、ぱっと姿を消した。

僕は驚く。急いで逃げたとか、そういうことではない。液晶画面が消えるみたいに突然その場でいなくなってしまった。やることが人知を超えている。あきらかに超常的な存在であり、使者だった。

使者つきの人間には、残り日数計だけではなく、ほかの使者の姿も見えるようになるのだろう。凪の使者はばつが悪くて、この場から逃げ去ったにちがいない。

間髪をいれず、今度は本物の彼女が声を張りあげる。

「……こんなのってないです！」

刹那《せつな》、彼女は僕の横をすり抜けて、靴も履かずに裸足《はだし》で外へ駆けていった。垂れこめた雲からは雨が降り注いでいるのに。

「凪、待って！」

ところが僕が彼女を追おうとした瞬間、ふいに目の前になにかが出現する。玄関先にいきなり出てきたのは、僕と同じ姿をした、僕の使者だった。

「空き家にひとりで置いていくなんて、ひどいじゃないか」彼は苦笑して言った。

「うるさい！　今それどころじゃない」

「冷たいなぁ、悠木くん。まぁ、ぼくら使者は、いつでもどこにでも移動できるからぜんぜんかまわないんだけど」

「なら言うな！　用件はなに」

「や、昨日《きのう》ちょっと伝えられなかったから……。凪さんのこと」

僕は下唇をきりっと噛みしめて、それを見た彼は気の毒そうにつづける。

「なにかこう、きつい事実をつづけざまに教えるのは、きみに悪くて……なかなか言い出せなかった。まさか酔いつぶれて、途中で寝てしまうとは思わなかったけど」

意外にも、彼なりに気を使ってくれていたらしい。僕は押し殺した声で尋ねる。

「……凪には、いつから使者がついてるんだ？」

「かなり前から」

「具体的には？　残りは何日？」

「じゃあ教えるけど……傷つかないでね」

彼はそれをささやくように教えた。僕は言葉を失って、その場に立ち尽くした。

## 5

やわらかな雨が降る夏の果樹園を僕は濡れながら奥へ歩いた。あたりは白くけぶり、どこか熱帯の深い森を連想させる。

凪は太い樹木の根もとで幹にもたれかかり、膝を抱えてすわっていた。

傘のように枝をひろげた木だから、雨宿りにはうってつけだ。僕は彼女の隣に腰をおろすと、肩を並べてだまっていた。彼女の甘い香りと、湿った土と雨の匂いが混ざり合って、おぼろげに滞留している。

彼女は素足だったから、僕はとくに意味もなくそれを眺めていた。形がよくて、なめらかなつま先だ。半透明の爪には瑞々しいつやがある。世界遺産に登録して、いつまでも後世に残しておきたいくらいなのに。

やがて彼女はぽつりと口を開く。

「……こんなことになるなんて」

「え？」

「まさか悠木さんまで……」

そのことか、と僕は思った。僕が使者つきになったこと――。

でも今、その件は正直、本当にどうでもいい。僕は彼女のことしか頭になかった。

とはいえ、彼女はその逆で、僕のことしか頭になかったのだろう。だからショック
を受けて、雨の中に素足で飛び出した。そう思うと僕は胸が締めつけられる。クール
な表情や口調のせいで、あまりそうは見えないけれど、凪はやさしい女の子なのだ。

「いいんだよ」僕はそっと息を吐いた。

「ですが……」

「それより凪の手首のそれ、見てもいい？　使者から聞いてはいるんだけど、自分の
目で確認したくて」

「あ、ええ。もちろんかまいません」

彼女はほっそりした白い腕を僕のほうに伸ばして、残り日数計を見せてくれた。

そこには「８５」という残酷な数字が、おそろしく無機質に表示されていた。

「使者が来てから今日で二八〇日目になります。去年の秋、わたしと同じ姿をした人
が唐突に訪ねてきて」

「ん……。そっか」

彼女の口から直接そのことを聞かされて、僕もやっと事実を受け止めることができた。もちろん納得も容認もできないけれど、ともかく事実ではあるのだ。

85という数字を、僕は目を閉じて噛みしめる。

つまるところ、残りは三ヶ月を切っているわけだ。短い。短すぎる。再々来月には、もう彼女はこの世界から消えてしまうのだ。神が定めた非情なルールによって。

そして今ごろ理解した。

最初に「一〇〇日間だけ同居しよう」と彼女に誘われたとき、その「一〇〇」は僕にとって、とても幸福で大きな数字に思えた。

でも、じつは意味はまったくの逆だった。今まで彼女と暮らした日数を一〇〇から引くと、ちょうど八五になる。だから残り日数の表示は「85」。

つまるところ、あの「一〇〇日間」は、彼女の残り期限をあらわした、とても悲劇的で小さな数字だったのだ。道理で、彼女と首都で再会したとき、「明日には絶対に来てください」と強く急かされたわけだった。

あまりにも残酷な意味の反転――。それに感情が強く波打ち、思わず涙が出そうになる。でも僕は必死に心を落ち着かせて訊いた。

「……どうして今まで黙ってたの？」

彼女は意表をつかれたように大きな目をしばたたく。それから表情のとぼしい顔に淡い苦笑いを浮かべてこたえた。

「言えないです……そんなこと」

「どうして？」

「心配させてしまうだけですから」

それもそうか。仕方ない質問をしたものだと僕は思った。それでも言ってほしかった気もするが、僕が彼女の立場なら、やはり打ち明けなかっただろう。僕のために。

「言えません……」

彼女は小さな声で繰り返した。さあっと静かな雨が言葉を掻き消していく。

僕と彼女しかいない白くけぶる果樹園は、なにか普通の空間とはちがう場所にあるようだった。ふたりだけの世界、ふたりだけの時間。それが永遠につづけばいいのにと思っていると、隣の彼女が前を見たまま、頭をそっと横に倒してくる。

花のような澄んだ香りがした。僕の肩に頭をのせて彼女はつぶやく。

「でも……もうぜんぶ言っちゃってもいいでしょうか？」

「いいよ」

僕は隣り合う彼女の手を握った。「話してくれる？」

「では、お言葉に甘えて」

「うん」

それから彼女は、今までの出来事をぽつりぽつりと語って聞かせてくれた。

去年の秋、最初に使者が来たときは驚いたけれど、受け入れるのにあまり時間はかからなかったという。なぜなら、いっしょに暮らしていた祖父が、すでに使者つきの状態だったからだ。

運命なんだから仕方がないね――。そう言って、祖父はやさしく孫娘をさとした。丁寧なその説得のおかげで、半年前に祖父が消えるころには、彼女は平常心で運命を受け入れることができていた。限りなくおだやかな祖父の消失を目の当たりにしたことで、恐怖も悲しみもきれいになくなった。

そう、消えることで我々はある意味、心を乱す苦楽のすべてから解放されるのだ。

「わたしが消えたあとのことについても、問題はありません」彼女は語った。

じつは果樹園は、今年で廃業する段取りをすでにつけてあるのだという。彼女が消えたあと、家も土地も適切な方法で処理してくれるように、馴染みの業者に話を通してあるとのことだった。

「凪……」

「心配ありません。抜かりはないです」

彼女はいつものように淡々と言った。「わたし、こういうことは可能な限り、きっちりしておきたい性分なので。貧乏性なのでしょうか？」

「いや……きみは偉いよ。すごい。素直にそう思う」

彼女は心持ち頬をゆるめた。そして僕も気持ちが落ち着いたら、首都に借りている部屋を解約しようとひそかに考えた。

細い雨は白く静かに降りつづいている。ややあって、彼女は小さな声で言った。

「……悠木さんは、どう思いました？」

「ん？　どうってなんのこと？」

「あ、すみません。目的語が抜けていました。使者に最後の日を告げられたとき、悠木さんはどんなことを思いましたか？」

僕はちょっと虚をつかれた。あのとき、果たして僕はなにを考えたのだったか。

彼女は平坦な声でつづけた。

「質問が少し抽象的でしたね。言いかえると……どんな最後を迎えたいですか？」

たしかにそれについて考察する価値はあると僕は思った。必要もある。遅かれ早かれ、だれもが必ず通る道でもあるのだから。もしかすると、それは人生のすべてを総括する象徴的な場面なのかもしれない。

結局のところ、自分はどんなふうに死んでいきたいのだろう？

頭をひねってはみたけれど、使者が来て一日経っただけの今は、具体的に想像するのが難しかった。本当なら、愛《いと》しい彼女に看取《みと》られて、やわらかな安堵の中で消えていきたい。それが理想ではあるものの、実際には、僕の人生が終わるころには彼女はとうにこの世にいない。

そのころの僕はどんな状態なんだろう？　本当に、どうなっているのだろうか？

僕は唇を強く嚙みしめる。彼女はおっとりと抑揚のない声で言った。

「わたしの場合を言いますね。最後の日を告げられたときは、やっぱり普通に驚きました。本当にびっくりして……でも事実を受け入れると、日増しに負の感情が消えていくのがわかりました。しばらくすると、怖いものがほとんどなくなりました」

それがわたしの正直な心境です、と彼女は言った。

「誤解をおそれずに言うなら、わたしにはなんでもできる……。じつは、やりたいことをなんでもしていいんだと気づかされた状態です」

「ああ……」

なんとなくわかる気もした。でも、僕はだまって彼女の話に耳を傾けた。

「不思議なものです。その瞬間、世界はきらきら輝きはじめて、ものすごく美しくなるんです。びっくりするくらい鮮明に見えます。空も、土も、草花もぜんぶ。わたしたちがこの世界にいられる時間は、じつは等しく短い。限りがあることを実感することで、初めて世界の本当の姿が見えるようになるんです。そして……自分の心も」

後悔したくないと思いました、と彼女は微かに震える声で言った。

「結果はどうなってもいい。ただ最後に、好きな人にまた会いたい。そう思って悠木さんをここにお招きしたんです」

「そっか……」

彼女の話にうなずいてから「え？」と僕は眉をひそめた。

「今なんて？」

「……もういちど言わせるんですか、今のを」

「うん」

大事なことだから。

「言って。正面から、俺の目を見て」

「さすがですね、ミスター元ドS。……わかりました。今のわたしに怖いものはありません」

僕の肩にのせていた頭を、彼女はゆっくりと持ちあげた。

降りしきる夏の雨の中、樹木の根もとで正面から見つめ合う。

甘い湿り気が濃くなった。僕は彼女に顔を近づけて両手を握る。胸が異様にどきどきしていた。それは彼女も同じらしく、吐息を通して心臓の律動が伝わってくる。そう錯覚するくらい彼女の頰は赤くなっていた。瞳も潤んでいた。すごく可愛かった。

睫毛を伏せて、わずかに体を震わせながら彼女は口を開く。

「悠木さんのこと……好きでした。昔からずっと……。また会いたかったんです。果樹園の仕事は口実みたいなもので……わたしはただ、残された日を好きな人といっしょに生きたかっただけなんです」

沈黙が生まれた。そして彼女は長い息を吐き、「言えました」とつぶやいた。

僕は完全に呆然となって、握っていた彼女の手を離す程度には混乱もしていた。うれしい反面、理屈に合っていないと思う。だから感情がプラス極とマイナス極のあいだで揺れ動いて定まらない。彼女の今の主張は、僕の記憶と大きな齟齬《そご》があった。

「あのさ、待って。ちょっといい？」

「なんでしょう」

「凪は……俺のことが好きだったの？」

すると彼女は赤面して、花のつぼみのように唇を尖《とが》らせる。

「……そう言ったじゃないですか。悠木さんは意地悪です」

「ごめんよ。だけどそれ、矛盾してない？　高校時代、凪は俺のことを思いきりふったでしょ。あれはなんだったの？」

あっ、と彼女は口もとに手を当てた。

「そんなふうに思ってたんですね……。ちがいます。あれは意味がちがうんです」

「意味？」

「ええ。どう言ったらいいんでしょう。あれは、ある意味では悠木さんが悪いんです。かっこいいから」

「はい……？」

意表をつかれる僕に「釣り合わないと思ったんです」と彼女は気まずげに言った。

「当時のわたしは人付き合いが本当に苦手でした。コミュニケーション全般が不得意で、口下手で友達もぜんぜんいなくて……正直、自分のことが好きではなかったんです。自分に自信が持てませんでした、これっぽっちも。そんなとき、ずっと素敵だと思っていた悠木さんに告白されて……恥ずかしながら怖《お》じ気《け》づいてしまいました」

僕は無言でまばたきした。

「わたしのような人間と、顔だけはまちがいなく校内一かっこいい、イケメン野郎の悠木さんとでは、まったく釣り合いません。身の程を知れと内なる声が言います。だから告白を断って、衝動的に逃げてしまったんです」

「……顔だけは？　イケメン野郎？」

僕の眉が少しだけぴくついた。「まぁいいけど。それで断ったんだ……」

「はい」

僕はしばらく高校時代の記憶をたどってみた。そして小刻みにかぶりを振る。

「や、でもやっぱり、そういう感じじゃなかったよ。凪はあのとき笑ったんだ。作為的というか、唇の端だけ持ちあげてこう……不自然に。あんたなんか問題外で、お話にもならないっていう意思表明だと思ったんだけど」

「何気にひどいことを言いますね。お返しですか？」

「ちがうよ。ただ、当時はそう思えて」

「ですよね。ごめんなさい。……でも、少し誤解があるようです。わたしがあのとき笑った相手は悠木さんではありません。身の程をわきまえろという意味で、自分の心を笑ったんです」

あれはただのあきらめの笑顔ですから、と彼女は少し淋しそうに打ち明けた。

「それに、そうしないと、泣いたことがばれてしまいそうだったので……」

僕は呆然としながら、そうだったのかと思う。

そして当時のことを瞼を閉じて回想した。そう。たしかにあのとき、彼女は手のひらで両目を覆い、肩を震わせていたおぼえがある。あれは泣いていたのだ。

でも、それはいったいどんな涙だったんだろう？　涙の成分に、好きな相手から告白されたことの喜びは、どれくらい含まれていたのか。相手を拒絶する悲しみは、どれほどのものだったのか。

「あのときのわたしの笑顔って、ちょっと変でしたよね……。いえ、いいんです。自分の顔のことは知っていますから、気を使う必要はありません。でも、あれに悪意みたいなものはまったくなかったんです。これは本当に本当のことです」

ひとつ間をはさむと、彼女は心持ち自嘲的につづけた。

「どう言えばいいんでしょう……。子供のころから、わたしは感情を表現するのが、どうしようもなく不得手なんです。表情筋が今でも微妙に未発達な気がします。笑顔を矯正する機会もなかったですし、矯正に協力してくれる友達もいませんでしたし。あれは当時のわたしにとっては、掛け値なしに自然体でした」

「……そうだったの？」

彼女はこくんとうなずいた。意外性に満ちた、三年越しの真実だった。

「そういったもろもろのことを、わたしは根こそぎ変える必要がありました。そして塞翁《さいおう》が馬《うま》というのでしょうか。使者がそれに協力してくれたんです」

「使者が？」

「ええ。わたしの使者は親切で、少し世話焼きなところもありますから」

変わりたいと切望していた凪に、使者はレクチャーを重ねてくれたのだという。話し方から服のコーディネートに至るまで、いろんなことを教えてくれたのだそうだ。

なるほど、と僕は思う。

それでようやくすべてを理解した。

彼女が高校時代の姿から劇的に変わったのは、人生の終わりを知って奮起したからだった。使者から自己を磨く方法を教わって、訓練したのだ。自分の気持ちに素直な行動をするために。だからこそ、別人のように麗しく洗練されたのだろう。

「それと……やっぱり残すなら、きれいなわたしを……いちばん輝いている姿を悠木さんの記憶に残したい気がして」

恥ずかしそうに凪はつぶやく。その健気さに、僕は胸がいっぱいになった。

つまるところ、あの日のスクランブル交差点で、僕らは偶然再会したわけではなかったのだろう。まちがいない。彼女は使者の協力を得て、僕を捜していたのだ。

「凪……」

僕は彼女を抱きしめた。

静かに降る雨の内側で、彼女はだまって僕の背中に手をまわしてくれた。

6

それから僕らは雨に打たれながら帰宅した。彼女がシャワーを浴びているあいだ、僕は着替えて、リビングで感情を整理した。

昨日、使者と出会ってから、彼女の驚きの真実を知らされるまで、いろんなことがあった。この上もなくうれしい長年の彼女の好意と、この上もなく悲しい今の彼女の残り期限。最高のしあわせと最大の悲しみが同時に打ちよせた気分だ。心がまっぷたつに引き裂かれてしまいそうだった。

でも、だからこそ感情に翻弄されていてはいけない。僕は決意を固めた。

「使者！　いつどこにでも出てこられるんだろ。来られるか？」

「呼んだ？」

わずかに僕はあごを引く。前ぶれもなく、僕の使者はいきなり僕の前にあらわれた。

「終末は、いつも隣にひっそりと寄り添っている。迷子の心配はいらないよ」

「……心配はしてない。少し訊きたいことがある」僕は切り出した。

訊きたいというより、模索したかった。

最初に使者から自分の運命を知らされたとき、僕はごく普通に受け入れた。それが四年前から世界規模で起きている事象の一端だということ。また、神の主導だという人知を越えた真相に、すっかり驚嘆してしまったからだ。

神なんて絶対的な存在を持ち出されたら、もうどうしようもないじゃないか。

でも彼女のことに関しては、相手が神でも妥協できなかった。彼女にだけはもっと長く生きてほしい。だから交渉の余地がないか、探りを入れようと思ったのだ。

結局のところ、人は余命を知らされても、したいことなんかなにもないのだろう。

それが僕の実感をともなう結論だ。

死を「自己の存在が失われること」だと定義するのなら、それ自体がじつはたいしたことではない。本当に考えるべきことは、自己という存在の外にあるのだと思う。

それはたとえば、人生が終わる前に好きな人になにをしてあげたいのか？　愛する者になにを残せるのか？　そういったことに焦点を合わせてしまうという意味だ。

生きていられなくなることで、大切な人に永遠になにもしてあげられなくなるという状況――それが死という悲劇の本質だと言えるだろう。異論も反論も認める。

僕は使者に顔を突きつけて言った。

「単刀直入に訊くよ。凪がもっと長くこの世にいられる方法はないの？　たとえば俺の残り日数を彼女にあげたりできないのか？」

「無理。その人の残り日数は、その人のものだよ。人の運命に他人は干渉できない」

「どうしても？」

「絶対に」

くそっと僕は吐き捨てた。

「なんだよ……ふざけるな！　こんな運命、だまって受け入れてたまるか！」

「もう。ちょっと待ってよ。方法がないとは言ってないじゃない。人の運命に他人は干渉できないけど、本人が残り日数を増やす方法はあるよ」

「ほんとかっ？」

「うん。どうしてもという場合のために用意された、神様の慈悲。思い出をひとつ捧げるたびに、残り日数を三日ほど伸ばすことができるんだ」

「……なんだって？」

僕は眉根をよせた。「思い出を……捧げる？」

「そうだよ。命に見合うものは本質的にそれしかないからね。生きるとは、思い出を重ねるということ。それと引き替えに、消失を三日だけのばすことができるんだ」

生とは経験の積み重ねだから、言いかえれば記憶であり、思い出でもあるのだろう。それを代償として生きられる時間をのばせるのは、なんとなく納得がいく気もする。

「でも、そんなのどうやるんだ？」

「説明しよう。ぼくら使者が取り扱う思い出は、場所にくっついている。それが記憶を管理するときの単位なんだ。場所ひとつにつき、一個分の思い出ということだね。たとえばこの場所……『凪さんの家』についての記憶を捧げると、残り日数が三日増えるよ。そのかわり、ここにまつわる思い出はぜんぶ消えちゃうけどね。生まれ育った場所だけに、大部分の記憶が失われてしまうだろう」

そういう意味か。僕の背筋に鳥肌が立った。そんなシステムになっているのか。

「家は無理だ。ほかにはどんな場所がある？」

「えーと……」

ふいに使者はひゅっと指笛を鳴らした。すると彼の隣に、凪の姿をした凪の使者が瞬間的にあらわれる。

凪の使者は手短に言った。

「……なにか？」

「じつは、凪さんのあれを貸してほしくて」

ふたりの使者は早口で話しはじめた。

しばらくすると凪の使者は、一枚の紙を僕の使者に手渡す。そしてまた瞬間的に姿を消した。

「うん、交渉おしまい。当面ぼくにまかせてくれるって」

微笑んでそう言うと、僕の使者は受け取ったばかりの紙をこちらにひろげてみせた。

はっと僕は目をみはる。それは不思議な地図だった。

この国全体と、この田舎町を拡大したものが記されている。いくつかの場所には名前がふられていた。そして、ほとんどのエリアが灰色に塗り潰されて、よく見えなくなっている。

「これが凪さんの思い出の地図だよ。名前がふられているのが思い出の場所。そして灰色に塗り潰されているのは、使用できない場所だね。残り日数と交換できるのは、名前がついている場所だけ」

「これが……」

「使える場所は少ないけど、残っていないわけじゃない。通ってた学校とか、自然公園とか、最北の湖とか、これだけあったら、けっこう延長させられると思うよ」

そのとおりだった。そして方法があるのなら、実行するべきだ。僕は一週間でも、たとえ一日でも彼女に長く生きてほしかった。

やがてシャワーから出た彼女に、僕はこの件を説明した。

彼女は前にいちど、思い出と残り日数の交換をしたことがあるらしい。でも、そのときは焼け石に水だと感じたそうだ。遅かれ早かれ消えてしまうのに、多少のばしたところで……。そう考えて途中でやめたのだという。気持ちはわからなくもない。

でも今はもっと、ものわかりが悪くなってほしかった。大きな目で見れば無駄かもしれないが、小さな視点から見れば有益なことは世の中に多々ある。そう熱弁した。

「わかりました。悠木さんがそこまで言うのでしたら」

「ごめんよ、凪。俺のために……」

「いえ、それはわたしが言うことです。心配りをありがとうございます、悠木さん」

彼女は花のように、やわらかくふわりと微笑んだ。

時折見せてくれるこれは、僕だけに向けられた、僕のための笑顔なのだ――。

そう思うと、胸に喜びがあふれる反面、切なくもある。もしも時間を巻きもどせるのなら、かつての彼女の行動に僕はどんな印象を抱くのだろう？

背景にある事情を知ることで、ものごとの意味は変化する。よかれ悪しかれ。

7

使者が取り扱うことのできる思い出は、場所にくっついている。家や果樹園など、生活に深くかかわるところは除外する必要があった。

僕は思い出の地図を見ながら彼女と話し合い、残り日数と交換してもいいという場所をリストアップした。合計すると一ヶ月以上寿命をのばせることがわかった。

これを有効に使わない手はない。

そして記憶が失われる前に、最後にもういちどその場所を訪れてみようという話が持ちあがった。

失われる前に思い出を悼む——。それはたしかに、しておくべきことだろう。

リストは意外と長いから毎日少しずつ。まずは小学校とその周辺から順番にめぐっていこう。それから中学、高校と進んでいけば、彼女の成長を追体験するような感慨が得られるかもしれなかった。

「では悠木さん、行きましょう」

今日の彼女は上品な花柄のショートパンツに、やわらかそうな白のサマーニットとショートブーツ姿だった。脚がすらりと細くてきれいだから、とてもよく似合う。

あまりにも魅力的だったので、気を紛らわすために僕は軽口を叩いた。

「ハンカチ持った？　プリント持った？　ほかに忘れ物はない？」

「えっと……」

彼女は肩にかけた小さなチェーンバッグに一瞬目をやって、僕を見た。

「……悠木さん、わたしはべつに小学生気分を味わいたいわけではないのですが」

「知ってるけど、言ってみた」

凪の過去を知った翌日のことだった。その日は彼女が通った小学校と、その周辺に出かけることになっていた。

朝から快晴で、空はものすごく青い。氷山みたいな白い入道雲も浮いている。

夏の空はだれが見てもきれいだけれど、ある意味では画一的なイメージだとも言えるだろう。でも、それは見る者の心理状態によるのかもしれないと僕は思った。

夏空の青は、切なく澄んだ愛おしい色。人生の残り期限を知った今では、ただシンプルにそう感じられる。

でも、それは決して不幸な美しさではない。ものごとの最上級の部分を切り取った、特別に贅沢なものでもあるのだ。

「行くよ。凪、車に乗って」

「そうですね」

僕らは車に乗ると、凪が昔通った小学校へと出発した。

今日乗っているのは普通の軽自動車だった。もう凪号こと水色の軽トラックにこだわる必要もなかったからだ。それに距離的に、徒歩では行けない。彼女は小学生時代に両親を亡くして、祖父に引き取られた。だから通っていた小学校は、ここからずいぶん離れた場所にある。

車を走らせながら、僕はふと思い出して助手席の彼女に言った。

「そういえば凪」

「なんですか？」

「『最北の湖』ってなんなの？　訊くの忘れてたんだけど」

それは例の地図にのっていた、彼女の思い出の場所のひとつだった。

ほかの場所は、すべてこの田舎町にあるのだが、最北の湖だけが桁外れに遠く、国の最北端に位置している。行くときは泊まりがけの旅になるだろう。だから後まわしにしたのだけれど。

「子供時代に連れていってもらった場所です。まだ、本当に幼かったころですね」

「ふうん。何歳くらい？」

「三歳前後です。正直言うと、湖の水面のちらちらした光の反射のことしかおぼえていません。当時は父も母も健在でした。旅行で連れていってもらったんです」

「そっか……」

三歳児なら記憶にないことのほうが多い。おぼえていても、ぼんやりとした情景としてしか残っていないはずだ。でも、そんな種類の大切な思い出というのもありうるのだろう。彼女の中では両親と分かち合った、数少ない記憶のひとつなのだから。

「きらきらしていて深い色合いで、神秘的なほど美しい湖だったという印象がありますす。意味とか感情を超えて、ただ目に焼きついたんです。ほかの出来事はおぼえていないのに……。記憶というのは不思議なものですね」

「また見にいけばいいよ。ちょっと遠いから後々、俺とふたりで」

ありがとうございます、と彼女は少し頬をほころばせてクールに微笑んだ。

凪の小学校には車が置けないらしいから、近くの自然公園の駐車場に停めることにした。

敷地内に林や池もある広大な公園だ。ここも『自然公園』という名前で登録されている彼女の思い出の場所だから、残り日数と交換する前にひとめぐりしていこう。

夏休みのせいか、見かけるのはハーフパンツ姿の小学生たちだけ。僕と彼女は連れ立って、並木道の涼しい木陰をゆっくりと歩いていく。

「この公園、小学生のころはとても広く感じたものです。放課後、ずっとリクガメを探していたこともありましたっけ」

「リクガメ？」僕はまばたきした。「なんでリクガメ」

「図書館の本で見て、飼いたくなって。こういう場所になら、野生のリクガメが潜んでいそうに思えたんです。今となっては笑い話ですけど」

「いや、案外いるかもよ。逃がしたペットが野生化するなんて珍しくもないし」

微笑ましい彼女の思い出話を聞きながら、僕らは歩きつづける。

ありふれたセミの声も、今は不思議と感傷的に聞こえた。これが僕らにとって最後の夏だと確定したせいだろう。それを意識すると、自然が放つ夏の生命力は異様にまぶしく感じられる。影はいちだんと濃さを増す。ある種の光と、ある種の影のコントラストの強さは、独特の感情をかきたてるのだ。それは月並みだが、美しい。

ふと横を見た彼女が、はっとしたように言った。

「象さんのすべり台……」

顔を向けると、古い遊具がまばらに散らばるアスレチックコーナーがあった。

「あれで昔よく遊びました。腹ばいですべって、顔を痛打したこともあります。ちょっと試してきてもいいでしょうか。すべりおさめに」

「ん。ご自由に」

デフォルメされた象型のすべり台に、彼女は小走りに近づいていった。ステップを駆けのぼり、「意外と高かったんですね」と冷静につぶやいて斜面をすべり降りる。

「ひゃー」

感情のこもらない歓声をあげて、あっという間に彼女は地面に着いた。

「どうだった？」

駆けよった僕が尋ねると、彼女は無表情で立ちあがって、長い黒髪をかきあげた。

「……普通でした。あのころのスリルは、やっぱりもう感じませんね」

そうは言うものの、彼女の頬のあたりは興奮したように淡くほころんでいる。

「でも案外、悪くない気もします。もう一回すべってきてもいいですか？」

「いいよ。何度でもペンギンみたいにすべってきなよ」

「では、そうします」

「ん。行っておいで」

彼女はそれから二回ほど、クールに淡々とすべり台を楽しんだ。


それから僕らは、新緑がきらめく園内の散歩道を奥へ向かった。

ときおりベンチで休んで牧歌的な風景を楽しみ、途中の池で怖いくらい大きな鯉《こい》の群れを見た。それにまぎれて泳ぐチャーミングな亀を眺めたりもした。

ささやかな広葉樹の林の中を通った際は「懐かしい……。秋にはよくここで、どんぐりを拾ったものです。小学生時代のわたしはどんぐりを狩る達人でした」という彼女の武勇伝に耳を傾けた。

それからまたしばらく歩いた。やがて、この公園の白眉とも言える場所に着いた。

「うわ、すごい……」

「ここは今も変わりませんね」彼女は長い黒髪を指で押さえて目を細める。

目の前には、一面のひまわり畑があった。

太陽のような黄色い花と、生命力あふれるジャングル的な茎と葉が、どこまでもひろがっている。映画の一幕みたいな非現実的な現実だ。黄金の海のようだった。

「悠木さん、すわりましょう」

「だね。じっくり見よう」

近くにあった木陰のベンチに、僕らはならんで腰かけた。

しばらく彼女は視線を前方に据えて、輝くようなひまわりを一心に見ていた。

「思い出します……。小学生のとき、写生大会があったんです。先生に連れられて、クラス全員でここに来ました。お題はもちろん、ひまわり畑です。麦わら帽子をかぶって、画板の紐《ひも》を首にかけて、画用紙に鉛筆を走らせましたっけ」

「小学生あるあるだね。凪は絵がうまいの？」

「壊滅的に下手です」

「……そこは普通に下手って言っときなよ」

「普通に下手」と彼女は言い直した。「ただ、そのときは妙に筆が乗っていて、自分でも信じられないくらいうまく描けたんですよね。最終的には、立派な賞までもらってしまいました。全校集会で表彰もされたんです。偶然なのに」

「へえ、すごい。じつは隠れた才能があったんじゃない？」

「そんな立派なものはないと思いますけど……ありがとうございます」

彼女は少しはにかむように頰をゆるめた。

「あれはわたしの小学校時代を通して、上から二番目にうれしかった出来事でした。本当に懐かしいです。あのころの、小学生時代のわたし……」

ふいに凪は口ごもり、どうしたんだろうと僕は不思議に思った。ふだん表情のとぼしい彼女の顔には、なにかひどく感傷的な色が浮かんでいた。なんだろう。もしかすると、上から二番目にうれしかった出来事が呼び水となって、いちばんうれしかったことを思い出しているのかもしれない。それはどんなものだろうか？

おもむろに彼女は言った。

「……そこにいますか、使者さん」

「いる」

すると突然、僕らの前に凪の使者があらわれた。凪はそっと使者に告げた。

「この自然公園の思い出と、残り日数を交換してください」

凪と同じ姿をした使者は、驚いた顔で言った。

「いいの？」

迷いなく、凪が毅然とうなずくので、僕もあわてる。

「ちょっと待って、凪！　ほんとにいいの？　もっとあちこちよく見てから……」

「いえ、いいんです。長引くのもつらいものなので」

彼女は淋しそうに微笑んだ。「使者さん、一気にやってしまってください」

「……わかった」

とまどう僕の前で、使者は凪のひたいに手をかざした。すると霧のように細かな光の粒がぱらぱらと彼女から放出されて、使者の手の中に吸いこまれていく。

「終わった」使者は言った。

時間にすると、せいぜい数秒程度のことだった。

僕は彼女の手首の残り日数計に目をやる。表示板には、「87」という数字が表示されていた。

今朝《けさ》は「84」だったから、たしかに三日分増えている。成功したんだ、と僕は思った。寿命が三日のびたのだ。彼女と手を取り合って祝福するべきことだった。

でも今、不思議とそんな気分になれないのはなぜなんだろう……。

僕の隣で、凪は眠りから覚めたばかりみたいに何度も目をしばたたいている。

やがて彼女がひまわり畑に向けた視線は、ぎょっとするほど中立的だった。感慨みたいなものは一片もない。人が興味のない対象に向ける、独特の冷めた視線だった。なんだか不安になって、僕は彼女の腕にふれる。

「凪、だいじょうぶ？」

彼女は僕を安心させようとするように、こくこくとうなずいた。

「ええ、もちろん。……もうここには、なにもないんですね」

僕の胸は、きりっと鋭く痛んだ。

そして使者は僕に向き直ると、思い出の地図をひろげて見せる。『自然公園』と名前がふられていた場所は、よそよそしい灰色に塗り潰されて見えなくなっていた。

凪の使者が、気まずそうに目を伏せて言う。

「悠木さん……」

彼女の使者が僕に話しかけてくるのは珍しい。僕は言葉のつづきを待った。でも凪の使者は、なぜかいつまでも口をつぐんだままだった。

「どうしたの？」僕はうながす。

「なんでもありません。失礼しました」

事務的にそう告げると、凪の使者はまた瞬時にその場から消えた。

# 8

自然公園の出口の売店で、ビー玉入りの容器に入ったラムネを飲んで、喉の渇きを潤した。それからしばらく歩くと、前方に大きな小学校が見えてくる。

「へえ、すごい。俺の通ってた小学校より、ずっと立派だよ」

ふふ、と彼女は声だけで笑った。

「お嬢様ですから」

「なに自分で言ってんの？　それによく見たら、校舎そのものは小さいし」

「実際には敷地が広いだけですから。おそらく土地が安いためでしょう」

彼女が言ったとおり、緑のフェンスに囲まれた校庭は、都会の小学校のグラウンドの数倍は広かった。

その奥に、ベージュ色で横に長い、いかにも小学校的なデザインの小学校の校舎がある。いろんな意味で、もう手が届かないという感じだ。いくら郷愁を誘われても、小学校の敷地に無断で入ったら通報される。

もちろん小学生ではない僕らが校舎に入ったところで仕方なかった。フェンスに沿って、まわりをぐるりと見ていくことにする。

連れ立って歩きながら、彼女は足もとの小石を「えい」と蹴った。小石はころころと前に転がっていき、追いついた時点で彼女はまたそれを蹴る。「えい」

ころころころ。

「子供のころ、俺もよくやったよ」僕は当時のことを懐かしく思い返した。「家まで蹴っていこうとするんだけど、何度か蹴るうちに毎回どこか行っちゃってさ」

「道路の白線の上だけを歩いたりもしませんでした？」

「あぁ、やったね。命を賭けたこともあったっけ。この白線を踏み外したら俺は死ぬんだって、心の中で誓ったりして」

ふたりとも心なしか、声色が淋しいものになっている気がした。自然公園を出たあたりから、僕も彼女も少しずつ無理をしている。あるいは僕の精神状態がそう思わせているだけだろうか？　いずれにしても決断のときは迫っていた。

屋根のまるい体育館の横を通りすぎて左折した。僕は意識して明るい声を出す。

「ほかに小学生時代の印象的なこと、なにがあった？」

「そうですね……。やはり楽しみだったのは、品数豊富な給食でしょうか」

「ん。それは俺もそうだったかも」

「今はそれほどでもないんですけど、子供のころは本当にカレーが好きで、その日はいつもおかわりを狙っていました。早い者勝ちだったんです。でも、どうしても男子よりは食べるのが遅くて」

「ああ……」

幼いころに帰りたいなんて思ったことはない。でも僕は今、初めて真剣に小学生時代にもどりたいと切望した。そしてこの校舎に乗りこみ、すべてのカレーを彼女に食べさせるようにと校長に直談判《じかだんぱん》したい。プラカードを持って廊下を行進したかった。

そんなことを考えながら歩いているうちに、校舎の裏側まで来た。

ブロック塀越しに広い芝生と花壇が見える。支柱にからみついた緑のヘチマが長い実をつけていた。あれでたわしをつくるのは大変だったおぼえがある。

ともあれ、これで小学校の正面から裏側まで一通り見た。そろそろ決断しなければならない。

でも、それをしたら、僕たちは――。

ふいに彼女が横を見て、「あ、猫さん」とつぶやく。

顔を向けると、塀の上に小さな猫がいた。どことなく彼女に似た黒猫だった。

「おいで」

もっと猫なで声で言えばいいのに、彼女は無愛想にそっと両手を猫へ差し出す。

でもたぶん、なにか相通じるものがあったのだろう。黒猫は塀からひゅんと飛びおりて、彼女のところへと近づいてきた。人に慣れている猫なのかもしれない。

近くまで来た黒猫を、彼女はなめらかな仕草で、さっとやさしく抱きあげた。

「猫使いだ。うまいうまい」僕は軽く拍手した。

「べつにそんな……」

黒猫みたいな彼女が、より小さな黒猫を抱きながら、照れくささそうな顔をする。

「猫にだって、人恋しくなることはあるでしょうし」

「……あるかな？」

束の間、彼女は思案して「たぶん。生き物ですから」と言った。

「そこになにかの存在があるだけで満たされるという感覚は、やっぱり共通してあるように思います。人でも猫でも。あとは、小さな子供でも」

「子供……？」

急に脈絡のない言葉が出てきた気がして、僕は不思議に思った。彼女はやや首をかしげて、なにか考えこむように沈黙している。どうしたのだろう。

やがて彼女は、音のない咳払いをひとつはさんで口を開いた。

「いつ打ち明けたらいいのか迷っていたんですけど……。決めました」

今言ってしまいます、と彼女はつぶやいた。

「悠木さん、少し思い出話をしてもいいですか？」

「あぁ、もちろんいいけど」

「わたしの小学生時代の話です」

ん、と僕は思う。そこにはたしかに興味があった。凪とは高校が同じだっただけで、じつはそれ以前のことはよく知らなかったからだ。彼女は静かに語りはじめた。

「両親がまだ生きていたころ……わたしが小学一年生だったときの話です。その日、わたしは隣町まで遊びに行きました。とくに用事があったわけじゃありません。買ってもらったばかりの新しい自転車を、ただ遠くまで走らせてみたかったんです」

「うん」

「秋と冬の中間くらいの時期でした。外はそれなりに寒かったはずです。でも、わたしは全身ぽかぽかでした。自分の限界に挑戦するみたいに全力で自転車をこいでいましたから。むしろ、通行人にぎょっとされるくらい、たくさん汗をかいていました」

「……まぁ限界に挑戦したら、そうなるよね」

「そのうち喉が渇きすぎて、倒れそうになりました。生命の危機です。わたしは自転車を停めて、近くの大型スーパーに駆けこみました。そしてジュースを買って一気に飲みほし、ぷはー、な気分になりました。そうやって、少し休んでから自転車を置いた場所にもどったんですけど……」

なくなっていたんです、自転車、と彼女は暗い声で言った。

「驚きました。ほんの二〇分くらいのあいだに、まさかの出来事です。探してもぜんぜんみつからないし、徒歩では帰れません。恥ずかしながら、スーパーの前で大泣きしてしまいました。絶望の昼下がりでした」

彼女は一拍置くと目を伏せて、それから少しはにかむような顔をした。

「……でもそんなとき、通りかかった見知らぬ男の子が声をかけてくれたんです。どうしたのって」

その少年は凪から事情を訊くと、いっしょに自転車を探してくれたのだという。

それでもやはりみつからなかったけれど、少年は落ち着いていた。状況からして盗まれたのだろう。だったら――。そう言って交番まで連れていってくれた。

警官にいきさつを説明し、徒歩では帰れないということで、凪の母親に迎えに来てもらった。もちろん自転車の盗難届も出した。二週間後、自転車は近くに乗り捨てられているのがみつかって、運よくもどってきたのだが、それはまた別の話だ。

ともかく、そのときは彼のおかげで本当に助かった。恩人という言葉の意味を体験として理解したのだと彼女はきまじめに語った。

「母が迎えに来てくれるまで、その男の子はずっと交番にいてくれました。見返りなんてなかったのに、わたしがまた泣き出さないように、無言で付き添っていてくれたんです。だから……。ええ、ここで先ほどのテーゼにもどります。だれかがいっしょにいてくれるだけで、心が満たされることってあるんです。実感として。母が交番に着いた途端、男の子は風のように姿を消してしまいましたけど——」

今思えば、彼は照れくさかったんでしょうね、と彼女も照れくさそうに言った。

僕が変な気分で首をひねっていると、彼女は黒猫を地面におろした。そして、肩にかけていたチェーンバッグから、お守り袋に似たものを取り出す。

袋の口を開けると、彼女は中に入っていた物体を手のひらにのせて、僕に見せた。

「あ！」

思わず大きな声が出た。黒猫は驚いて逃げていった。でもそれくらい僕も驚いた。

彼女の手のひらの上には、半透明にかすんだ緑色の物体がある。左右対称の釣り針のような形をした、見覚えがあるものだ。

「交番で母を待っているときに、その男の子がくれたんです。わたしの不安を紛らわせるために。勇気が出るお守りだと言っていました。きれいでしょう？」

蛍石の錨《いかり》です、と彼女は言った。

錨と言っても、もちろんアクセサリーだ。でも、つくりが繊細で、ぞんざいに扱うと、すぐに壊れてしまいそうに見える。もったいなくて装身具としては使えない。だからこうやって、お守りとして大事にしているのだと彼女は語った。

「凪。それは……」

僕は言いかけて、別なことを訊いた。

「いや、知ってたの？　それをくれた人のこと」

「ええ。その男の子というのは、悠木さんです」

やはり、と僕は思った。直後に、鮮烈な夕陽のように遠い記憶がよみがえった。

そう、その蛍石の錨はずっと昔、僕が施設の園長にもらったものだ。たしか出張のおみやげだと言われたように記憶している。ランドセルにつけようと思い、ポケットに入れたまま忘れていた。そしてその日、自転車を盗まれた女の子と偶然出くわしたから、元気づけるためにプレゼントしたのだった。

勇気が出るお守りという謳《うた》い文句《もんく》は、僕の創作であり、ささやかな方便。あまりにも昔のことだから、今の今まで完全に忘れていた。

「あれは……凪だったんだ」

彼女はこくんとうなずいて、はにかみがちに話の穂をつぐ。

「すみません。こんなこと、普通はおぼえていませんよね。小学生のときに偶然、いちどだけ会った相手のことなんて。わたしのほうがおかしいんです。ストーカーみたいで気持ち悪いです」

「ごめんよ忘れてて……。いや、べつにおかしくも気持ち悪くもないよ！　それだけ記憶力がいいんだから、胸を張ればいい。でも、いつ気づいたの？」

「高校時代です。同じクラスになった最初の日」

「あのときに、もう……？」

僕は心から驚いた。小学生と高校生では容姿だって相当変わっている。実際、僕のほうは彼女にまったく気づくことができなかった。それなのに彼女は、子供のころにいちどだけしか会っていない僕のことを——。

すごい。僕は胸がつまった。

だって感動せずにいられないだろう。彼女はいつだって僕のことを記憶にとどめてくれていた。思い出を大切に胸にしまい、長いあいだ、ずっとあたためてくれていたのだ。それは本当に光栄で、しあわせなことだと思う。

　でも、その上であえて言いたい。

「だけどさ。ちょっと他人行儀ではあるよね。気づいたなら声をかけて、教えてくればよかったのに」

「ですよね。すみません。でも、あのときは内心ひどく混乱してしまっていて」

「混乱？　どんな混乱？」

「だって……あのころの悠木さんは、ものすごい不良だったじゃないですか」

「あ」

　たしかに僕は中学時代に不良少年を装うことに決めて、いつのまにか偽装が癖になっていた。だから高校時代も、まわりからは冷酷な不良だと思われていた。

　わずかに汗をかく僕に、彼女はおっとりとクールな声でつづける。

「偶然また会えてうれしかった反面、あのときはすごくとまどいました。顔のつくり自体は変わっていないのに、態度や雰囲気がぜんぜんちがいましたから。小学生のころ、あんなにやさしかった男の子が、悪魔のような人に激変……。ショックです。本当に悪霊にでも取《と》り憑《つ》かれたのかと思って、毎日ひそかに頭を悩ませていました」

「……悪かったね、悩ませて」

　でも、それで納得できた。だから当時の彼女は、やけに僕のことを怖がっているように見えたのだ。相手の変貌の理由がわからない以上、対応に迷うのは当然だろう。

また、高校時代の僕の告白を断ったのは、自分とは釣り合わないように思ったからだと前に彼女は説明してくれた。でも今にして思えば、それは僕を気づかって言ってくれたことではなかったか？

幼いころ自分を助けてくれた親切な少年と、高校時代の不良的な僕――。

両者はイメージがちがいすぎて、好意を重ねるのは難しい気がする。だから断ったという部分もあるのではないか。いや、今となっては、むしろそちらの理由のほうが本命であるように感じられる。もちろん、その仮説を心やさしい彼女は決して認めないだろうけれど。

「でもわたし、同居してみて確信したことがあるんです」

「確信？」

「あなたのこと」

ふいに彼女はいつもよりも力強く、自信に満ちた声で言った。

「人の本質は成長しても変わらないんだなあって……。そう思えたんです。いっしょに暮らすうちに、自然にそのことを理解できたといいますか。悠木さんは、やさしくて素敵な人です。なにも変わっていないんだなって、頭と体で理解できました」

僕は短く息をのんだ。

「ですから、わたしが胸を張って保証しましょう。悠木さんは悠木さんです。初めて会ったあのときから、あなたはこれっぽっちも変わっていません！」

なぜだろう。その瞬間、僕の胸に爆発的な歓喜がひろがった。それは金色の朝陽のように心の空を染めていった。目頭が熱くなった。胸も燃えるようだった。

今わかった。

僕はずっと、だれかにそう言ってほしかったのかもしれない――。

そう、僕は本当の自分をだれかに理解してほしかったのだ。自分でもはっきりとは意識していなかったその欲求を、その欠乏感を、目が覚めるように実感した。

それを彼女が満たしてくれたからこそ、僕は初めて理解することができたのだ。

僕の外面と内面は分離してなんかいない。本質はなにも変わっていない。僕の真実の心の姿を、わかる人はわかってくれるのだ。

たとえこの世から消えるまでの短いあいだでも、ほかに比肩するものがない、素晴らしい幸福が与えられたこと――そのことに僕は今、心から感謝したい。

彼女を好きになってよかったと全身全霊で思った。

「凪……」

僕は静かに彼女を抱きしめた。彼女もやさしく身をまかせてくれた。しばらく僕らはなにも言わずに、相手の胸の鼓動を感じ合っていた。

かけがえのないもの。

このかけがえのない大切なぬくもりを、僕は——。

いつまでも永遠にこうしていたかったけれど、そろそろ決断するべきときだった。

使者、と僕がつぶやくと、彼はふっと目の前にあらわれた。

「決心したみたいだね……」使者はどこか淋しそうな声で言った。

9

きれいな水の流れが子守歌のように静かに夜の底を進んでいる。

田舎町のはずれにある里山。近くを流れているのは細く浅い水路だ。やわらかな雑草を踏みしめて、僕と彼女は流れ沿いにゆっくりと歩いていた。

夜だった。あたりには田園と野原しかなく、僕らの持つ懐中電灯のほっそりとした光だけが濃密な闇を切り開いている。

小学校からの帰り道、凪の家にもどる前に、遠回りしてここに来た。彼女の思い出の場所として例の地図に登録されていたし、ほかにも行くべき理由があったからだ。

やがて前方の闇の中を、ほのかな緑色がふっと横切る。

「ほら、悠木さん……」

「ああ。もう少し近づこう」

最初は遠くにぽつぽつと緑色の点が穿《うが》たれていくみたいだった。それは、たちまち数を増していった。やがてその淡い光は、無警戒な蝶の群れのようにふんだんに僕らの前を飛びまわるようになる。今ではもう、多すぎて数え切れない。

「うわぁ……」

「すごいでしょう？　いちどは見ておかないと、人生の大きな損失です」

目の前には、美しい蛍の群れが乱れ飛んでいた。

僕らがいる場所が土手で、水路の上空にはたくさんの光が浮遊している。さながら星だ。天の川のようだった。ほうっと淡い光は悲しくなるくらい神秘的だった。

「夏になると、祖父がよくここに連れてきてくれたんです。初めて見たときはあまりにもきれいで、夢を見ているのかと思いました」

「……ほんとに夢みたいだ」

「心配いりません。わたしたちが今ここにいるのは現実です」

「だよね……。ありがとう、凪。こんなに素敵な場所を教えてくれて」

不思議なことに、小学校の校舎裏で彼女の打ち明け話を聞かせてもらってから、僕は限りなく素直な気持ちを外に出せるようになっていた。長年の呪縛が解かれたみたいだ。解放されて、しかし透明な悲しみに包まれてもいる不思議な心境だった。

「おぼえておこう。いつまでも、この光とこの場所のこと」

「ええ」

絶対に、と僕はつぶやく。

「忘れてもいい思い出なんて、ひとつもないんだ……」

それが僕らが最終的に下した決断だった。

彼女の大切な記憶を、今後はひとつも消したりしない。その結果、残り日数を増やすことができなくてもいい。寿命をのばすために記憶を失うなんて本末転倒だ。

そのことに、ようやく気づいたからだった。

そう、僕は今まで彼女には一日でも長く生きてほしい。彼女の命より大事なものはないと考えていた。

でも、それはちがうのだ。思い出は命よりも尊く、記憶は寿命よりも重い。もしくは等価である。なぜなら、それは人が人として生きる意味そのものだからだ。

――決心したみたいだね……。

あのとき、どこか淋しそうな顔で小学校の裏にあらわれた使者に、僕は告げた。

「凪の残り日数と、思い出を交換するのは、もうやめる」

そう言うと思っていたよ、と使者は瞼を閉じて微笑んだ。

そうか、と僕は言った。

きみは聡明な人だとぼくにはわかっていたからね、と使者は言った。ぼくがきみでもそうするし、そうするしかないんだ、と。

今なら僕にも理解できる。たしかに彼の言うとおりなのだろう。

実際、自然公園で彼女の思い出と、三日分の残り日数を交換したとき、僕は心の底から後悔したのだ。自分は、するべきではないことをしてしまった。今ならまだ、ぎりぎりで引き返せるけれど、つづければ取り返しのつかない絶望をまねくだろうと。

つまるところ、使者は僕らに、生きることの意味を問いかけたのだと思う。

死を目前に控えた今の僕らにとって、命とはなんだろう？

そもそも、人はなんのために生きるのだろうか？

きっと、そういったことを考える機会をくれたのだ。――人生が終わる前に。

普通の人なら、たぶん生きていること自体に理由はないとこたえるだろう。でも、命が与えられた以上は、全力でそれをまっとうするのが人としてのルールだ。だから精一杯、ひたむきに駆け抜けていこう。そんなふうに主張する気がする。

うん。それはたしかに明快で、健全なひとつの考え方だろう。

あるいは科学的な考え方をする人なら、生きるとはシンプルに遺伝子を運ぶことだとこたえるかもしれない。

次の世代に遺伝子を渡さないと、当然ながら、その種は危うくなっていく。動物も、昆虫も、植物もそうだ。人間だって、その意味においてはなんら変わらない。

もしかしたら、星や宇宙にもそのような仕組みがあるのかもしれない。次の世代になにかを運ぶことができるのなら、命のような働きが存在するのかもしれない。

そういう考え方もユニークだと思う。

そして僕の回答はというと、今挙げたようなものとは、ぜんぜんちがう。

仕方ないだろう。普通の人と僕たちとでは、そもそもの前提が同じではない。人生の残り期限を告げられた今の僕らは、ある意味、究極の刹那を生きているのだから。

だとすれば？

――人は恋をするために生まれてくる。

それが僕の出した結論だった。

鼻で笑ってくれてもいい。やれやれと呆れてくれても、かまわない。

でも、最後の日を告知されて、死をこれ以上なく身近に感じている今、それ以外に僕らには賭けられるものがないのだ。僕らのちっぽけな魂をゆだねられる考え方が、ほかに見当たらない。

今の僕は信じるし、信じなければならないのだ。人は運命の相手と巡り会い、一生にいちどの恋をする。命はそのために存在するのだと。

そして、僕らが今生きる意味とは、ふたりが思い出を重ねることに尽きる。

なぜなら恋も愛も、大切な記憶を共有することで深まるものだから。生きることと愛すること、そして思い出を分かち合うことは同義なのだ。

だから僕は結論する。残された日々を大切にしようと望む今の僕らに、忘れてもいいことなんてひとつもない。

現在の僕が知らないことも、凪の記憶の中にはまだまだたくさん残されていて、それが彼女の人格を形づくっている。だからこそ、失っていいはずがないじゃないか。

僕らにとって世界で最後の、この運命的な恋愛の中には、今まで蓄積してきたすべての出来事が含まれているのだから。

「まとめると、そういうことだよ」僕は静かに使者に言った。

「うん。わかった」

きみたちはやさしいね――。

使者は微笑んでそう言うと、昼下がりの校舎裏から姿を消したのだった。

そして今、僕と彼女は夜の水路の前で、明滅する蛍の光をならんで眺めている。

なんだか命そのものが輝いているようだ。いつまでもこうして眺めていたい。

でも、ときどき僕は拳を強く握りしめて、こみあげる激しい感情をこらえる必要があった。それはごく当たり前の心の働きだった。

たしかに僕らは消滅を受け入れることを決めた。でも、だからと言って悲しくないわけじゃない。むしろ気をゆるめると、今にも涙がこぼれてしまいそうになる。

本当はこの場で声をあげて泣いてしまいたかった。感情の赴くままに泣きたい。

でも、我慢しなければ。

決して涙を見せないことを、僕は心に誓っていた。

なぜならここは彼女の思い出の場所。それを再確認して、ふたりで分かち合うために来た。残り日数と交換するためでも、涙を流すためでもない。僕らの新しい思い出として胸に刻むために来たのだから、泣いて悲嘆の色で塗り潰していいはずがない。

ふと彼女が小声でこぼす。

「うれしいです」

「ん……。なにが？」

「こうやって、わたしと悠木さんの新しい一ページが増えていくことが」

「あぁ」

僕はすばやく目もとをこすった。「そうだね。まだまだ増える」

「悠木さん。わたし、結果的にはよかったと思っているんです。こうなって」

「え……？　どうして」

「だってわたしには、自分の命よりも大切にしたいことがありますから」

あなたとの思い出をもっとつくりたい、と彼女は言った。

「そのためなら、命を縮めてもかまわないくらいです。死ぬことも怖くありません」

決して涙を見せないことを僕は心に誓っていた。

ずっと我慢していた。

でも突然それは決壊した。急に目の前がにじんで、鼻の奥がつんと痛む。気づいたときには瞳から、どっと涙があふれていた。

透明なしずくは次々と流れ落ちた。うめくような声をあげて、僕は泣いた。

「凪……っ」

涙はどうしても止まらなかった。

でも、僕は悲しくて泣いているわけじゃない。それもあるけれど、それだけではない。これは幸福のうれし涙でもある。嘘じゃない。本当だ。

だって、愛する人にそこまで言ってもらえること——これ以上の幸福がほかにあるだろうか？

僕は泣きながら、ただ彼女を強く抱きしめることしかできなかった。

それから僕らは車で家に帰った。運転中、ふたりは一言も口をきかなかった。

そしてその夜、僕と彼女は初めてひとつになり、大切な記憶として心に刻んだ。

## 10

こうして僕と彼女は残された日々を分かち合い、世界の終わりの思い出をつむぐごとに当てた。あるがままに終末を受け入れて以来、毎日は輝くようになっていた。比喩ではない。本当に、すべてがまぶしく鮮明に感じられるのだ。

「おはよ、凪。昨日はよく眠れた？」

「ええ。おはようございます、悠木さん」

朝、同じベッドで目覚めて、外に出ると僕らを打つ真新しい夏の光。草木の葉に残る細やかな朝露。膝を折ってそれを眺める彼女。呼びかけると、こちらに向けられる瑞々しい瞳。どれも切ないくらい愛おしくきらめいて――。

同じものを見られる残り日数は確実に減っている。本当はだれもがそうなのだけれど、僕らには具体的な数字としてそれがわかる。終焉《しゅうえん》の日は近い。そんな状況に身を置くと、なにもかもが美しいものとして抵抗なく心に入ってくるのだ。

美しさという概念の真の意味と価値を、人生の終末に初めて理解した。

「ねぇ凪、今日はどこに行きたい？」

「そうですね。わたし的には、悠木さんの行きたいところでしょうか」

「じゃあ、俺は凪の行きたいところで」

朝食を食べ、コーヒーを飲みながら、僕らはその日に出かける場所を話し合う。残り日数との交換をやめたから、例の思い出の場所に縛られて行動する必要はもうなくなっていた。気分の赴くままに、僕らは行きたいところに行った。

たとえば子供のころによく行った店や図書館、さびれたゲームセンター。お祭りで活気に満ちていた時代もあった神社。行ってみたら閉鎖されていたボウリング場。少子化のせいか閑散とした市民プール。通っていた中学校。どれも昔話のようだ。

結果的には、やっぱり思い出の場所にばかり行っていたような気もする。

「あのころは、毎日のようにいろんな場所に出かけていたんですね……。なにがそんなに興味を引いたんでしょう。今となっては、もう思い出せないです」

彼女はぽつりとつぶやく。「あのころのわたしたちが、今のわたしたちを見たら、どんなことを思うんでしょうか」

「あのころの俺たちか……。どう説明しても、理解するのは難しいんだろうね」

今の僕らを取り巻く状況は、意思による行動と、偶然と、奇跡が重なった結果だ。決して普通のことではないし、たとえ指示されても再現するのは骨が折れるだろう。

「それもそうですね」

彼女は眉尻を下げてほんのりと苦笑した。

だけど、と僕は言葉をつぐ。

「しあわせそうだなって感じるとは思うよ。あのころの俺たちは、今の俺たちの胸の中にちゃんといる。それで、にこにこしながら眺めてるんだ。なんだかよくわからないけど、あのふたりは今すごく満ち足りてるんだなって」

来た道を振り返れば、どこを切り取っても思い出は愛おしい。僕と彼女は、それを追想することで分かち合い、ふたりの終末の新しい一ページとして、今という白紙の時間につけ加えていった。

だれにでも必ず終わりは来る。だとしても生まれてきてよかった——。きれいごとではなく心からそう思う。幸運だったのだ、僕らはこの世界で生きることができて。

ときどき、この先に待ち受ける終わりを意識して、思いがけず涙がこぼれた。悟られないように僕はすばやく手の甲で拭うけれど、いつも彼女に気づかれた。

「ハンカチをどうぞ、悠木さん」

「……ごめん。ありがとう」

「彼女ですから」凪は涼しげな、おっとりとした声で言った。「でも、この調子では先が思いやられますね、ミスター泣き虫さん」

「な、なんだよ、もう……」

そんなふうになぐさめられると、僕は内心たまらなくなる。

どうして彼女は、こんなにもやさしい気持ちでいられるのだろう。この世界に別れを告げる日は着々と迫っているのに、いつも僕の胸中を思いやって——。それだけじゃない。きっと自分が消えてしまったあとの僕のことまで心配して。

そう考えると、僕はますます涙が止まらなくなるのだった。

やがて長かった夏も終わりに近づいてきた。吹き抜ける風には微かな秋の香りが含まれて、朝夕は涼しさを感じる日も多くなった。

そんな晩夏の休日、僕と彼女は昔通っていた高校に出かけることにした。ふたりの中では欠かせない思い出の場所だから、今までとっておいていた。

でも、まだ卒業して一年と少ししか経っていないわけだから、案外なにも感じないんじゃないだろうか？　僕は内心そう思っていたのだけれど、実際に目にすると、やはり深い感慨に打たれた。

影が濃いモスグリーンの芝生と、無人のグラウンド。クリーム色の校舎の背景は目がくらむような青空で、遠くにセンチメンタルな飛行機雲が細くのびている。

こんな光景を以前、何度も見たことを僕は思い出した。あのころ、授業中に窓の外をぼんやりと眺めながら、幾度となく考えたものだ。自分はなぜこんなところにいるんだろう。遠くに行きたい。自分が本当にいるべき場所に帰りたい、と。

あれは果たしてどこだったのだろうか。

「悠木さん、まわりを歩きながら見ていきましょう」彼女が声をかけてきた。

「いいよ。俺たちの教室って、外から見るとどのへんかな？」

「奥の棟の二階ですね。あの場所は今も同じところにあります。当たり前ですけど」

「いや、その感じ……言いたいことはわかるつもりだよ」

目には見えなくても、想いがとどまることはあってもいいし、あるかもしれない。そこには現在の光景と重なり合って、過去の透明な僕らもいるのかもしれなかった。

校舎のまわりを歩きながら、僕らは当時のことをとりとめもなく語り合った。何度も口の端にのぼるのは、やはりふたりが廊下でぶつかったときの話だった。

そう。僕は今でもその光景を、ありありと思い浮かべることができる。

――「わっ？」

――「きゃっ？」

――彼女は後ろに弾かれて、持っていたプリントの束を落とした。白い用紙が嘘みたいにゆっくりと廊下に散らばる。花弁のように。

「あのときは本気であせってしまって……。醜態をお見せして、すみませんでした」

「いや、たぶん、あれはあれでよかったんだよ」

僕は本音でそう思う。あの偶然の出来事がなかったら、今の僕らの関係は果たしてあり得ただろうか？

たぶんあり得なかった。あの本当にちょっとした一件で、僕は彼女のことが気になりはじめて、最後は告白するまでに至った。ここで気持ちの種がまかれて育ったからこそ、今の僕があり、彼女との関係が最終的に成立するのだ。

そう考えると、あのころのすべてが無駄ではなかったように思えてくる。

眠気を誘う昼休みのあとの教室。ひんやりと少し肌寒い体育館。学園祭の準備で遅くまで残った校舎。影の色に染まった廊下と、その先に射す外からの明るい光――。

思い返せば数え切れない。

よかった、と僕はつぶやく。

「え？」凪がこちらに顔を向けた。

「今さらだけど、気づけてよかったと思って。俺、学生時代は自分のことがあまり好きじゃなかったんだ。こんな高校生活、さっさと終わればいいって思ってた」

「そうだったんですか。え？　それって、もしかしてわたしのせいで……」

「ううん」僕はかぶりを振る。「そのことも含めて、あれはあれでありだったんだって今なら肯定できるよ」

「悠木さん……」

「だって、あのときの記憶がこうやって、今でも胸をあたためてくれるんだから」

僕にはそれがあった。少なくとも存在した。充実した高校生活ではなかったかもしれないけれど、存在したというだけで、じつはとても幸福なことだったのだろう。

かつてこの場所に息づいていた気持ちは今も生きている。まるで夢のように、僕らの胸の中で。そして僕はその日々を共有した彼女と、ゆくえを同じくする追憶に浸ることができるのだ。

そういったことに最後に気づくことができたのは、ひとつの幸いの形なのだろう。

「好きだよ、凪」

「悠木さん……」

僕らは校舎裏で、そっと唇を重ねる。

なぜかはわからないけれど、静かに涙がこぼれていく。


こうして僕らの最後の夏は、私的にひっそりと過ぎ去っていった。

代わりに本格的な秋が訪れて、それは悲しいくらい速やかに深まっていく。

街路樹の葉は赤く衣替えをして、僕らが着るものも長袖に変わった。夜は鈴虫やコオロギが澄んだ調べを奏で、野原には紫色のコスモスが咲き、その向こうではやわらかなススキが銀色の波のように揺れている。

そんな静かな秋の日の午後だった。僕と彼女は二階の窓辺の壁にもたれて、寄り添い合ってすわっていた。窓から入る風で、白いカーテンが微かに震えている。

「もうすっかり秋ですね」

「うん……。秋だ」

そうとしか言えない心境のときも、人にはある。

なぜなら彼女が消えてしまうまで、今日を入れてあと二日——。本当に残りわずかだった。そんな状況だというのに、今の僕は彼女をどこにも連れていけない。

僕の右足には白いギプスが巻かれていた。足首を骨折したのだ。

順を追って話そう。

終末を目前に控えた彼女は、すでに身のまわりの整理をあらかた済ませていた。果樹園は閉めたし、この建物や家具のことも含めて、知人の業者と話をつけていた。

そしてその一環として、僕らは地道に家の大掃除を進めていたのだけれど、三日前に家の軒下に蜂の巣をみつけた。毒がある蜂だ。僕はつつがなくスプレーで駆除した。その後、同じ場所に巣をつくらないように壁を洗剤で念入りに磨いた。それらの作業のあと、うっかりバランスを崩して、脚立から落ちてしまったのだった。

足首が腫れあがって、診断は全治三週間。残念ながら遠出はできそうにない。

本当は、終わりを迎える前に彼女を連れていきたいところがあった。彼女が前に言っていた場所、最北の湖だ。幼いころに両親と行ったのだと彼女は言っていた。

この国の最北端ということで僕自身も興味があったのだけれど、ひどく遠い。電車に長い時間揺られて、次はフェリーで海を渡り、島に到着したあとも山道をそれなりに歩く必要がある。今の足の状態では無理だった。

「……ごめんよ、凪」

寄りそう彼女に僕は謝った。

「最後の最後にこんなことになっちゃって。これじゃどこにも行けない」

「いいんです、ミスター怪我人」

彼女は眉尻を下げて、ほんのりとやさしい微笑みを浮かべた。

「わたしはむしろ、こうなってラッキーだと思っていました。もう行きたい場所はないです。どちらかと言えば、水入らずでゆっくりすごしたくて。最後ですし」

「凪……」

僕は彼女に近いほうの手を、彼女の手の甲へと重ねた。その肌は繊細でひんやりとしていた。それでいて、かけがえのないぬくもりと気持ちのいい湿り気があった。

こんなに素晴らしいものが、明日をすぎたら、この世から消えてしまう——。

沈黙の中、言葉にならない気持ちを必死に嚙みしめていると、彼女は言った。

「悠木さん、ひとつわがままを言ってもいいでしょうか」

「いいよ。なんでも言って。なんでも聞くよ」

「では、心臓の音を聴かせてください」

「うん？」

どういうことだろう。とまどっていると、彼女は僕の左胸にぐっと顔をよせてきた。そして形のいい小さな耳を、服の上から僕の胸にぴたりと密着させる。

「とく、とく、とく」彼女はやさしく響くクールな声で言った。

「……凪？」

「こういうの、好きなんです。どう言えばいいんでしょう。ここに今、あなたがたしかに生きていることが、確認できる感じがして」

突然、胸が強烈に締めつけられた。こみあげる感情を僕は顔をしかめて懸命にこらえた。そうしないとなにかが瓦解して、一気に涙があふれ出しそうだった。

僕らはそのまま、しばらく無言でじっとしていた。

静止した時間の中で、時計の針だけが、こつこつと無意味に動いていた。

僕の心音に耳をすませて、彼女はどこか夢みるようにつぶやく。

「……悠木さん」

「なに？」

「わたしの……大切な人……」

「凪……」

僕の、大切な人——。

そう口にするよりも先に、透明なしずくが頬をすべり落ちている。

だめだ。もう我慢ができなかった。気づいたときには涙があふれていた。

大切な存在であればあるほど、もうすぐ失われるという事実は心を引き裂く。そこでは、今まで受け取ってきた善きものが、すべて痛みに変わるから。好きであるほど喪失は苦しく、愛しているほどに悲しみは深まる。なにをどうしても、それは止められない。むしろ終わりが近づくに連れて、愛しくて悲しくてたまらなくなる。

そしてそれは僕だけではなかった。おとなしい性格だから激情を表に出すことはないけれど、胸のうちは彼女も同じなのだ。僕とほぼ等しい心境のはずなのだ。

「泣かないでください、悠木さん……。あなたに泣かれたら……わたし」

「ごめんよ、凪……。ごめん……」

「謝らないで……」

嗚咽《おえつ》する僕の胸に顔をうずめて、彼女は体を震わせて泣いた。シャツの胸もとが濡れて、しっとりと微かな体温を奪っていく。

どうしてだ、と僕は泣きながら考えた。僕らはただ手を取り合って、いっしょに生きていきたかっただけなのに――。

なぜ僕らが？　神に問いたかった。

どんな権利と理由があって？

限りない愛が今、この腕の中にある。だからこそ、それがたまらなく悲しい。

おたがいの体に深くしがみつくようにして、僕と彼女はいつまでも涙した。

秋の日はゆっくりと暮れていき、夜は濃密にふけていく。やがて無慈悲に夜が明けて、凪が消える最後の日が訪れた。

11

その日は拍子抜けするくらい、ふだんどおりに始まった。

白んだ朝陽の中で僕らはいっしょに目を覚ます。それから起きて顔を洗い、トーストとスクランブルエッグと熱いコーヒーという朝食をとった。

気づけば、テーブルの向こうにいる美しい人に、僕は見入っている。

凪、僕の最愛の人——。彼女はとてもきれいだ。黒髪は流れるようになめらかで、肌は瑞々しい透明感をまとっている。

だけど、いつからこうなっていたのだろう。

今の彼女は本当に、透き通るように美しかった。人間ならだれもが多少は備えている邪念みたいなものがいっさい感じられない。人の存在感は内面を反映する。今の彼女が怖いくらい澄んでいるのは、儚さと紙一重に感じられて、僕の胸はつまった。今の彼女の残り日数計の表示は「1」。

つまり生きていられるのは、今日だけだ。

これは日付が更新される夜中の零時に「0」に変わり、その瞬間、彼女は消失するのだと僕の使者が昨夜、就寝前に教えてくれた。直前の告知だというふうに。

そしてもちろん、彼女も自分の使者からそれを聞いている。心の準備はできていると言って、とてもおだやかに淡々とうなずいていた。

「あのさ、凪……」

「なんですか、悠木さん」

いつものように無表情だけれど、やさしい瞳を彼女は僕に向けてきた。

「あ、いや……なんでもないよ。それより今日はどうすごそう。なにがしたい？」

僕は考える。たとえば自分ならどんな最後の一日を送るだろう？　自分なら人生をどう締めくくりたいと望むだろうか？

彼女は心持ち目を細めて言った。

「そうですね。もう、とくにしたいことはありません。家でのんびりしていたいのですが、かまいませんか？」

「うん……。いいよ。凪がいいなら、それで……」

「強いて言うなら、お話が聞きたいです。悠木さんのことをまたいろいろ教えてください。子供のころから、今に至るまでの紆余曲折《うよきよくせつ》」

「かまわないけど……また？　あれでいいの？」

僕が辿ってきた足跡については、今まで何度も語って聞かせていた。たいして面白い話ではない。でも彼女はいつも耳をそばだてて、興味深そうに聞いてくれた。

「好きですから」

凪は淡い照れ笑いを浮かべた。「音楽みたいに何度も聞いて、味わいたいんです」

「……そっか」

僕らはリビングの壁によりかかると、隣り合ってすわった。彼女は頭を横に倒して、隣にいる僕の肩にそっとのせる。これが自分の定位置だというふうに。

「じゃあ、いつもみたいに、俺が子供のころの話から始めるよ」

「お願いします」

「小学生のころの俺は、心のおだやかな人間だった。自転車をなくした子供が近くにいたらいっしょに探してあげたいし、愛情に飢えた猫は猫かわいがりしてあげたい。しおれた植物には水と光を与えたいと思っていた……」

それはもう幾度となく語った僕の過去だった。でも彼女は口をはさむことなく、子守歌の中でまどろむように僕の話を聞いている。

僕にとっても、これは特別な出来事になるのだろう。話しながら僕にはそれがわかった。そう遠くない未来に、たぶんたまらない気持ちで、このことを思い返す。まちがいなく。だって彼女にこれを話すのは、今日が正真正銘、最後なのだから。

そう思うと、ときどき悲しみで声が奇妙にうわずった。彼女はそのたびに僕の胸にそっと手を当てて、励ましてくれた。

彼女のやさしさに、泣きそうになった。

僕は涙を必死にこらえて一生懸命、話しつづけた。

気がつくと、僕の話を聞きながら彼女は眠っていた。

起こすのもかわいそうだから、僕はそのまま彼女の頭を肩にのせていた。すうすうと規則正しい寝息を立てて彼女は寝ていた。少女のように無防備に、僕に心を開いて。

僕はそのことに深く感謝しながら、二度と訪れることのない、かけがえのない今を嚙みしめる。

この息づかいも、やわらかさも、あたたかみも、あと少しで——。

時間が止まってほしい。お願いだから、止まってほしい。

でも僕の気持ちをよそに、秋の日は悲しく、残酷に暮れていった。


やがて目を覚ました彼女に、夕食はなにが食べたいかと僕は尋ねた。

「では、カレーをお願いできますか？　こういうときですし、ほんとはもっとおしゃれなものにするほうがいいんでしょうけど」

「……いや、じつはそう言ってほしいと思ってたんだ。まかせて」

最後の晩餐《ばんさん》のために、食材は前もって買いこんであった。

彼女が好きなのは、ナンにつけるタイプではなく、ライスにかけて食べるさらっとしたカレーだ。僕は心をこめて丁寧にそれをつくった。

肉は大ぶりのチキンで、夏野菜をふんだんに使う。輪切りの茄子、オクラとさやいんげん、パプリカとかぼちゃとアスパラガス。片足がギプスでも料理くらいできる。

「できたよ凪。たくさん食べて」

「わあ。これは本当においしそうですね！」

おいしい、おいしい。何度もそう言って、彼女は僕の料理を食べた。

「悠木さんの手料理は、やっぱりこたえられません。最高です」

彼女は、ふわりと華やかな笑顔を浮かべた。

まさにそれが切なくて、僕は突然号泣しそうになった。世の中にはそんな笑顔もあるのだ。愛しさが悲しい。僕は血が出るくらい強く下唇を噛みしめて涙をこらえた。

夕食のあとは、買っておいたチョコレートケーキを食べて、コーヒーを飲んだ。秋の味なんか、もうわからない。時間は着々とすぎて、窓の外はすでに真っ暗だ。秋の夜は墨を流しこんだように黒く、外ではコオロギが切ない鳴き声を響かせている。

本当に残り時間はあとわずかだった。あとわずかだ。

やがて彼女が「悠木さん、よかったら花火をしませんか」と唐突に言った。

「花火？」

「季節はずれですけど、まだ線香花火が残っていたのを思い出して。秋の花火というのも、それはそれで趣深い気がしませんか？」

「うん……」

きっと彼女は僕の気持ちを察してくれたのだろう。時間を無為にすごしていると、僕の胸は悲しみで押しつぶされてしまうのではないか？　だったらせめて、最後にあとひとつだけ、印象的な思い出を増やしてあげたいと考えたにちがいない。

凪、きみはどこまですごい女の子なんだろう。僕は心からそう思う。

どうしてそこまでやさしくなれるんだろう。

自分の終末を今まさに目前に控えた、こんな状況だというのに。

「……そうだね。花火やろう」

僕は手の甲ですばやく目もとをこすった。そして彼女と庭に出て、持ってきた線香花火にライターで火をつけた。

「あぁ……」僕はつぶやく。

「きれいですね……」

僕らが見守る中で、闇の中に灯《とも》った小さな赤い玉は、細い火花をぱちぱちと散らせた。なにかがこすれるような音を立てて、繊細な光があらわれては消えていく。そしてあっという間に終わってしまう。

一瞬だけ美しく咲き、しゅんと消える線香花火。それは僕になにかを連想させた。

無限につづく宇宙から見れば、生命《いのち》の光もこんなふうに見えるのだろうか。

僕は次々と線香花火に火をつけていたのだけれど、やがて使い切ってしまった。

潮時だった。

その後の僕らは縁側にならんで腰かけて、ただ無言で手をつないでいた。もう言葉は必要なかった。彼女の存在を、ささやかなぬくもりを通して感じていたかった。

この手の感触をいつまでもおぼえておこう。

心に永久に刻みつけておこう。

決して消えることがないように。

涼しい風が吹いてススキの穂を揺らし、僕の代わりに静かに泣いてくれていた。

やがて時刻は零時の一〇分前になった。

凪と同じ姿をした凪の使者が、僕らの前に音もなくあらわれた。

「おふたりとも、そろそろ……」

来たか――。

わかってはいたけれど、来たのか。

もう本当に終わりなのだ。そう思って、僕と彼女はゆっくりと顔を見合わせる。

その瞬間、ふたりの目から、同時に涙がすっと流れ落ちた。

「悠木さん……」

「凪！」

こんなとき、人はどんな言葉で悲しみを表現すればいいんだろう？

僕には本当にわからなかった。言葉がまったく出てこないのだ。人生で、今が最もそれを必要とするときなのに、ひとつも思い浮かばない。そもそも、今の僕の悲哀を正確に言い表してくれる言葉なんて存在するのか？　あるわけがなかった。

僕らはそのまま瞳を濡らして無言で向かい合っていた。そうすることしかできなかった。

刻々と時間は過ぎていく。やがて凪の使者が、彼女の肩にそっと手を置いた。

「……もう時間だから」凪の使者は告げた。

彼女は泣きながらうなずいた。そして僕を真正面から見て、うめくように言った。

「悠木さん、もう……お別れです」

「ん……」

「あのですね、悠木さん……」

「なに……？」

こんなとき、人はどんな言葉で悲しみを表現すればいいんだろう？

それはじつは、問いかけ自体に誤りが含まれていたのだと僕は知る。

「ありがとう」

頬を紅潮させて激しく泣きながらも、彼女は花のような笑顔で言った。

「わたし、今までずっとしあわせでした。ありがとう、本当に……。わたしを好きになってくれて」

「……うあああぁっ！」

僕はもう泣くのを我慢することができなかった。「……うううぅあああぁっ！」

悲しみを訴えるのでもなく、この世界を恨むのでもなく、そんなことを――。

まちがいない。僕は今、この世で最もしあわせな人間だった。最高の彼女と愛を育んでいる男だった。心の底からうれしかった。

だからこそ、体がまっぷたつに引き裂かれそうなほど悲しくなった。死ぬことよりも切なかった。悲しみと切なさで、頭が滅茶苦茶になってしまいそうだった。

どうして――。

涙で顔をぐしゃぐしゃにしながら、僕は考える。

どうして、愛は失われなければならないんだろう？

僕には本当に理解できなかった。これほど深い愛が存在するのに、なぜ人は失われなくてはならないんだろう。どうしていつか死ななければならないんだろう。なぜ？

永遠があってはいけないのだろうか。それとも、僕らは別れるために出会うとでもいうのか。愛情というのは究極的には、失うために育まれるものなのか。

とりすがろうとする僕をそっと手で制して、凪の使者が凪に近づく。

彼女たちは音もなく重なり合った。凪と使者は今、ひとつの存在になった。

そして、凪の残り日数計の表示が「０」に変わる。

凪の体がうっすらと発光しはじめた。白い球状の輝きの中に彼女は溶けていった。

「悠木さん……あなたに出会えて、よかったです」

「俺も……俺もそうだから！　凪……いつまでも大好きだから！」

知ってます、と彼女はやわらかな口調で言った。

「……わたし、しあわせです」

最後に凪は限りなくやさしく微笑んだ。そんなふうに思えた。すでに彼女は白い光に包まれて、ほとんど見えない。

やがて光はわずかに宙に浮いた。重さそのものが失われていくように、凪を含んだ光の球体は、ゆっくりと夜空に浮かんでいく。

それは上空に向かって、少しずつ加速していった。

そして、はるか上空で、純粋な輝きそのものになる。それは美しい弧を描いて天を飛行し、月を横切って、きらきらと儚い軌跡を残した。

そして彼女は夜空の向こうに消えてしまったのだ。

流れ星がきらめくように──。

ひとり残された僕は、声をあげて泣いた。

流れる涙も、激しい慟哭《どうこく》も、なにもかも星空に吸いこんでほしかった。

## ――エピローグ

# 終末の果て

晩秋の日差しを浴びた湖の水面は、鏡のような銀色に光っていた。もうすぐ訪れる冬にはこの湖は凍りついて、本当に鏡のように固まるらしい。

北の果ての小さな島にある、最北の湖だった。

広くも狭くもない淡水湖だ。まわりの湿原はミズバショウの群生地らしいけれど、もうじき秋も終わるという今の時期には、ただ枯れ草が茂っているだけ。荒涼としていて生き物の姿はない。もちろん観光客はひとりもいない。

そんな風景に溶けこむように、僕は丘の上で、ひとり孤独に湖面を見ていた。

なにかが面白くて見ているわけじゃない。ただ、僕という視点を通して、愛する人がこの光景を眺めてくれていればいいと思っていた。僕の心の奥に今もいる人に。

僕はポケットに手を入れている。その中で大切に握りしめているものがある。

ふとそのとき、腕時計のアラームが鳴った。

「……時間か」

名残惜しいけれど、もう行かなくてはならない。また来るよ、とつぶやいて踵を返した。足早に丘をおりて駐車場に向かう。

駐車場は無意味に広く、来たときと同様に、僕のバイクしか停まっていなかった。

僕はヘルメットをかぶると、バイクのエンジンをかけた。肌寒い風を切って無人の車道を走らせていると、一〇分もしないうちに店に着く。

煉瓦《れんが》づくりの古い喫茶店だ。裏から中に入ると、初老のマスターが僕を見て言った。

「また、あの場所に行ってきたんですか」

「ええ……」

「そうですか」

マスターはそれ以上なにも言わなかった。年の功というものだろうか。それが今は心地よく、ありがたかった。僕はすばやく着替えると、いつものようにカウンターに立ち、代わりに今度はマスターが休憩をとるために外へ出ていく。

僕は少し前からこの喫茶店で働いていた。島ではいちばんの老舗《しにせ》カフェらしい。客の姿はいつもまばらだけれど、経営はだいじょうぶなのだろうか？

おおいに問題ありだろう。でも半分趣味でやっているらしいから、彼の中では平気なのかもしれない。実際、僕も微々たるバイト料しかもらっていなかった。

でも、それについては本当に問題がない。お金には困っていなかった。少なくとも最後の日まで、自由に暮らせるだけの貯金はある。

でも、なにもすることがないのも、それはそれで淋しいものなのだ。だからこの島に着いて一通り観光したあと、従業員募集の張り紙を見て、雇ってくれませんかと申し出てみた。なかば衝動だった。バイト料は半分でいいと告げて事情を説明すると、マスターは快く了承してくれた。

こうして僕はこの店で働いている。

ちなみに宿泊している場所は近くにある古いホテルだ。規模は小さいけれど、内装は洋風で清潔感があり、居心地は悪くない。

最後の日が訪れるまで、僕はこの島で暮らすつもりだった。辺境に特有のゆったりとした時間が流れるこの場所で、彼女を悼みつづけて――。

でも、ここまで来るのには、実際のところ長い時間を要した。少し前まで、僕は抜け殻のようになっていたのだ。

そう。やはりそのときのことを語らずには済ませられないだろう。

時間は一ヶ月前にさかのぼる。

*

人類は、すでに滅んでしまったのかもしれない。

そう思えるくらい深い静寂の中に僕はいた。彼女が夜空の向こうに消えてしまってから、ずっとこうだった。

ここは凪が消えた凪の家。その世界には、なにもなかった。彼女の姿も、淡々としたおしゃべりも、ときおり見せてくれた華やかな笑顔も存在しない。

あるのはただ深い孤独感と、取り返しのつかない喪失感だけ。

それらは負の圧力となって僕を憂鬱の底に引きずりこみ、立つことすら困難にさせた。だから僕は冷たい床にうつ伏せの状態で、今日も過去に思いを馳せている。それ以外にしたいことはなかった。思い出の中だけが生きる場所だった。

ときどき空腹を感じたら、備蓄用のクラッカーを無気力に食べ、水を飲んだ。実際のところ、なにも食べずにこのまま死んでしまっても問題ないのかもしれなかった。

死ぬ？

ふとその言葉が引っかかって、僕は手首にはめられた残り日数計に目をやる。

そこには「２５４」という数字が表示されていた。
２５４、と僕は思った。
その数字から、僕はなにを感じればいいのだろう？

「……長すぎる」

どう考えても、それ以外の感想を持つことはできなかった。

あの素晴らしい彼女の存在が失われてしまったのに、僕にはまだそれだけの日数が残されているのだ。僕が消えるのは来年の夏で、今は秋の真《ま》っ只中《ただなか》。先はあまりにも長すぎる。できることなら、今すぐこの世界から消えてなくなりたい。

そして次の瞬間、ひらめいた。

なんだ。簡単なことじゃないか――。

使者、と僕は言った。ひさしぶりに出す声は、ひどくかすれて聞き取りにくかった。

「いるんだろ使者、出てこい」

「何度も言わなくても聞こえてるよ。終末は、いつもきみのすぐ隣にいる」

僕と同じ外見の僕の使者は、例によって優雅な口調で言った。

「わざわざ口に出さなくてもかまわない。きみの考えはわかってるから」

「本当か？」

「うん」

死にたいんだろ、と使者はこともなげに言った。

「結論から言うと不可能じゃない。実際、残りの寿命を告げられても、まどろこしいと考える人は大勢いるんだ。どうせ消滅するなら、あと一年生きていたところで意味がない。今すぐ消えたいって願うのさ」

「そうか……。俺もそれでいい」

でも使者は左右にゆっくりと首を振った。そして「よくないよ」と言った。

「だって、凪さんに頼まれてることがあるから」

「えっ……？」

「きみがそんなふうに言い出したら、伝言してくれと頼まれたんだ。こっそりとね」

僕は頭を殴られたような衝撃を受けた。彼女は僕がこうなるであろうことを見越していたのか。悲しみの深さも心の弱さも、なにからなにまで僕のことを――。

ゆっくりと立ちあがると、僕は使者を睨《にら》みつけて尋ねる。

「……伝言の内容は？」

「今言うよ」

ふいに使者は懐に手を入れると、なにか小さなものを取り出して僕に差し出す。

手のひらの上にあったのは、かつて僕が彼女にあげた小さな緑色の装身具だった。

蛍石の錨だ。

そして使者は抑揚のないクールな口調で、彼女の言葉を伝えた。

『勇気が出るお守りをあげます。最後まで強く生きてください、ミスター弱虫さん』

その瞬間、僕はすさまじい感情の津波に呑《の》みこまれた。

それがどこから発生したのかはわからない。だって発生源である彼女は、もうこの世界にいないのだから。にもかかわらず、それはおそろしく巨大な心の波となって、壮絶に僕を揺さぶった。思考を、肉体を、魂を根もとから震わせた。

あとには静かな大渦巻が残った。そこから全身の細胞に生きる力がひろがっていくのがわかった。

そうしなければならない。

僕は顔をしかめて心臓を強く押さえた。とくとくと鳴っていた。閉じた瞼の端から涙があふれた。とめどなく次々と涙は流れ出た。声を殺して泣きながら僕は思った。

がんばらなくちゃ——。

だって、これほどの愛が。

これほど大きな愛をくれた人が、僕に勇気を出せと言っているのだから。

ただただ涙が止まらなかった。

「凪……ありがとう……っ」

くしくも、彼女が消える前に僕に告げたのと、同じ言葉を口にしていた。

使者はまぶしいものでも見るような視線を僕に向けていた。


それから僕は涙をぬぐって、片道旅行の仕度を始めた。ささやかな後始末を済ませると、この町に別れを告げて、速やかに最北の湖へ旅立ったのだ。

＊

そして今日もひとりで湖を眺めながら、僕はつぶやく。

「凪……。見てるかい？」

あれから長い月日がめぐり、また夏が来た。

晴天の下、それを映した湖の水面は海のように青くきらめいている。湿原では長い草が天に鋭く葉を立てて、それを掻き分けながら首の長いアオサギが歩き、名も知らない赤紫色の花に大きなアゲハチョウがとまっていた。もうすっかり夏なのだ。

僕はポケットに手を入れている。その中で大切に握りしめているものがある。

僕はその物体をポケットから取り出すと、そっと手のひらにのせた。

蛍石の錨――。

彼女が遺してくれたものだった。

これを通し、思い出の景色を見せてあげられるような気がして、僕は去年この島に来た。そして一日も休まず彼女のことを想い、悼み、静謐《せいひつ》な終末をすごしてきた。

彼女は満足してくれただろうか？

わからない。でも、それも今日で終わりになる。

僕は手首の残り日数計に目をやった。そこには無機的に「1」と表示されている。限りない喪失の感覚にも、長かった孤独にも慣れて、最近は少し日々に倦《う》んでいたところだった。きれいに幕を引きたいと素直な気持ちで思った。

深夜、小さな手こぎボートで僕はそっと湖に出た。

ボートの底に腰をおろし、両手に持ったオールをゆっくりと動かす。あまり力を入れなくても、ボートは水面をすべるように進んだ。

月のない静かな夜だった。

見あげると、砂糖をまぶしたような満天の星。目をおろすと、星空が映りこむ群青色の水面。まわりのすべてがプラネタリウムのようだった。

湖の中ほどに差しかかったあたりで、僕はポケットから蛍石の錨を取り出す。

そして、ボートの外に手をかかげて、そっと手から離した。

こぽん。

小さな水音がして、蛍石の錨は湖の底へと沈んでいった。僕はそれが消えた夜の水面に向かって、心をこめた祈りを捧げた。星あかりの下、長く神聖な時間が流れた。

「最後のお別れは済ませたかい？」

いつのまにかボートの中に使者がいた。「悪いけど、そろそろ時間だよ」

僕は腕時計に目をやった。秒針が最後の時間を刻んでいる。

零時まで残り三秒、二秒、一秒……。そして日付が変わった瞬間、残り日数計に表示されている数字もぴったり「０」になった。

使者が手を差しのべてくる。

「さぁ、もう行こう」

「そうだな」

やるべきことはもうすべてやった。この世界に未練はない。僕が使者の手のひらにふれると、吸着するように体が重なり合い、たちまち僕らはひとつの存在になった。

体がうっすらと発光しはじめて、やがて僕らは神秘的な輝きに包まれる。

「じゃあ、この世界を離れるよ。後もどりできないけど、問題はない？」

「ああ。問題ない」

「うん。じゃあ出発しよう」

僕らを含んだ光の球体は、音もなくゆっくりと上空へ浮かんでいった。

そして僕らは天上で、星の雨のひとつとなる。

弧を描いて夜空を流れていきながら、光の中の使者が話しかけてきた。

「ところで悠木くん、おぼえてる？　神様がどうして人を消失させてるのか、以前ぼくに訊いたよね？　きみが消える理由は最後の日、その瞬間にわかるって、ぼくは請け負ったものだけど」

「あぁ……。あったな、そんなことも」

今の今まで完全に忘れていた。でも思い出すと、こんな状況でも気になってくる。

ひとつの光として夜空を流れながら、僕は言った。

「教えてくれよ。もういいだろう」

「そうだね。この状態になったぼくらは、もう神様の一部でもあるから」

話そう。そう言って使者は不思議な言葉をつづけた。

「生命とは、そもそもなんだろうか？」

「え……？」

僕は虚をつかれて、彼の言葉が意味するところを考えた。

光の中で使者が言葉をつぐ。

「歴史上、きみたち人間が生きて、思い、考えてきたこと。それは人が死んでも消えてしまうわけじゃない。星の中心の芯の部分に書きこまれて、残るんだ。それが星の命の源だよ」

「……星の命？」

「神様というのは、この星そのものなんだ。星の記憶から生まれたのがきみたちで、人のつむいだ思い出が星を生かしてもいるんだよ」

どう返答するべきなのか、僕は言葉につまった。しばらくのあいだ、僕はそれについて真剣に考えをめぐらせた。

星は生きている……。

そう言われても、正直よくわからない。

ただ、まったくわからないというわけではなく、大きなイメージとしては、理解できる気もした。使者がいるのなら当然、神もいる。そして神は概念的な存在ではなく、僕らの生の基盤となる場所そのものだったということだろうか。場所が僕らを育んでくれる。僕らも場所を育んでいる。その相互作用によって、この世界は、仮の生命のようなものとして働くということなんだろうか。

「そうなのか？」

「うん。もう少し早く教えることができればよかったんだけど……」

使者はうなずいてつづけた。

「ただ、星の目から見ると、事態は切迫しているんだ。今から二〇年後に、小惑星がこの世界に衝突する。それは途方もない規模のものでね。恐竜を滅ぼした巨大隕石のもっと大きなやつだ。その落下は、どうしても防ぐことができないんだよ」

それで、この世界は完全に終わる、と使者は言った。

僕は呆然としながら彼の言葉を聞いていた。

小惑星の衝突、と僕はつぶやく。そんな途方もないことが起こるのか。そしてそれは、なにがあっても変えようのない事実なのだ。

次の瞬間、僕はふと思いつく。

「あっ、だから二〇年後には人類がみんないなくなってしまうのか？」

「そのとおり」

正解だとこたえて使者はつづけた。

「きみたちは星が終わる前に、ほかの場所に移されているんだよ」

種をまくみたいにね、と彼は言った。

「生き物は後世に遺伝子を運ぶ。星は、この世界の思い出であるところの、きみたち人間の意識を運ぼうとしている。きみたちは、べつな場所に生まれ変わるんだ。星の記憶を伝えるために」

いつ、どんな星に到着するのかは、ぼくにもわからないけど、と彼は言った。

そうか、と僕は今ようやく合点がいく。

そういうことだったのか。

意味もなく闇雲に消えてしまうわけではない。僕たちは別な世界に生まれ変わらせてもらっているのだ。

だとすれば――。

「そうだよ。悲しむ必要はない」

使者は、やさしくそう言ってくれた。

そして僕らを含む光はさらに加速する。質量を持たないから、僕らは簡単に加速できる。星の力に後押しされながら、重力の束縛を離れて、果ての果てに向かう。

いろんなことがあった、本当に。
でも総括すると、それなりに悪くない人生だったと思う。
そして、もうお別れだ。
さようなら。
僕はたぶん、この世界を愛していたのかもしれない。
いや、きっとそうだったのだろう。
みんなありがとう。会えてよかったよ。
今度こそ、さようなら——。

一条の美しい光が夏の夜空を流れた。
宇宙の彼方で起きた、ささやかでありふれた奇跡の一幕だった。

＊

太陽系に存在する青い惑星。地球と呼ばれるその星で、物語は始まる。

はっきりとした理由があったわけではない。

でも、なにか予感のようなものを朝、目覚めたときから感じてはいたのだ。

それに導かれるようにして、青年はその日、渋谷へと足を運んだ。

季節は夏だった。空はどこまでも抜けるように青い。

周囲を見渡すとハチ公前の薬局があり、スターバックスとツタヤのロゴタイプが目立つ大きなビルがある。大盛堂《たいせいどう》書店もある。世界的な交通量を誇る渋谷のスクランブル交差点は、今日も多くの人でひしめいている。

予感……。

それを胸に、青年は先ほどから、雑踏の中をさまようように歩きつづけていた。

でも予感ってなんだ、と青年は考える。俺はなにを感じているというのだろう？

わからなかった。あるいはそれは、今朝もあの夢で目覚めたせいかもしれない。

青年は、あるひとつの古い夢をたびたび見る。

その夢の中で、青年はいつも悠木という名前なのだった。

いや、悠木が苗字《みょうじ》なのか名前なのか、本当のところはわからない。どちらでもないのかもしれない。

というのも、悠木が暮らしているのは地球によく似てはいるが、ちがう世界だからだ。細かい部分が、じつは微妙に異なっている。でも本質的にはなにも変わらない。そのもうひとつの世界で、悠木はひとりの女性を愛した。だれよりも深く心を注いだ。でも最後は、人知のおよばない超常的な理由で、離ればなれになる——。

青年が何度も繰り返し見てきたその夢は、日常生活に影響をおよぼす程度にはリアルだった。そして切実な迫真性があった。目覚めても、すべて記憶していられるくらいには強固だった。

ときどき青年は、もしかするとこれは前世の記憶なのではないかと思うことがある。

でも、そうだとしたら——。

焦燥と高揚が入りまじる不思議な感情に背中を押されながら、青年は歩きつづけた。

途中でころんだ子供に出くわし、助け起こして「やれやれ……」とつぶやく。そして次の瞬間、強く、なにかを感じる。

——どこかで、だれかが、自分を見ている。

振り返ると、交差点を渡った先の信号機の脇に、白いワンピース姿の女性がいた。

髪が長くて無表情。でも顔立ちそのものは端整でやさしく、初対面なのに、なぜか涙が出そうになるくらい懐かしい。その人と——。

目が合う。

心臓を貫かれたように青年は確信する。

この人だ。

そしてその確信は、彼女も同じだったらしい。信号が青になった瞬間、青年は駆け出し、彼女もまた一秒でも早くというふうに、彼に向かって走り出す。

間近まで到達したふたりは、足を止める。

スクランブル交差点の真ん中で、見つめ合う。

そして彼女は少し息を切らせながら、華やかに微笑んで告げる。


「おひさしぶりです、悠木さん」


今この瞬間から。

ふたりの本当の物語が始まるんだ――。

涙が頬をすべり落ちていき、青年は彼女を強く抱きしめた。

# 似鳥航一　著作リスト

心理コンサルタント才希と心の迷宮（メディアワークス文庫）
心理コンサルタント才希と悪の恋愛心理術（同）
心理コンサルタント才希と金持ちになる悪の技術（同）
お待ちしてます　下町和菓子　栗丸堂（同）
お待ちしてます　下町和菓子　栗丸堂2（同）
お待ちしてます　下町和菓子　栗丸堂3（同）
お待ちしてます　下町和菓子　栗丸堂4（同）
お待ちしてます　下町和菓子　栗丸堂5（同）
東京バルがゆく　会社をやめて相棒と店やってます（同）
東京バルがゆく　不思議な相棒と美味しさの秘密（同）
この終末、ぼくらは100日だけの恋をする（同）

はい、こちら探偵部です（電撃文庫）
はい、こちら探偵部です②（同）
白奈さん、おいしくいただいちゃいます（同）
白奈さん、おいしくいただいちゃいます2（同）
懐かしい食堂あります　谷村さんちは大家族（角川文庫）
懐かしい食堂あります　五目寿司はノスタルジアの味わい（同）

本書は書き下ろしです。

◇◇メディアワークス文庫

# この終末《しゅうまつ》、ぼくらは100日《にち》だけの恋《こい》をする

似鳥航一《にとりこういち》

2017年12月22日　初版発行

発行者　郡司 聡
発行　株式会社KADOKAWA
〒102-8177　東京都千代田区富士見2-13-3
プロデュース　アスキー・メディアワークス
〒102-8584　東京都千代田区富士見1-8-19
電話03-5216-8399（編集）
電話03-3238-1854（営業）
装丁者　渡辺宏一（有限会社ニイナナニイゴオ）
印刷・製本　旭印刷株式会社


ISBN978-4-04-893583-8 C0193

メディアワークス文庫　http://mwbunko.com/
株式会社KADOKAWA　http://www.kadokawa.co.jp/

本書に対するご意見、ご感想をお寄せください。

**あて先**
〒102-8584　東京都千代田区富士見1-8-19　アスキー・メディアワークス
メディアワークス文庫編集部
「似鳥航一先生」係